Yvonne Werbitzky

IT'S DIFFICULT FOR LOVE

AF236052

Die Autorin

Yvonne Werbitzky, 1982 in Hagen geboren, lebt mit
ihrer Familie im Rheinland. Sie lebt in einer
Patchworkfamilie mit zwei gleichaltrigen Jungs.
Für Schokolade und Kaffee würde sie sterben.
Dies ist ihr Debütroman und sie hat es neben ihrem
eigentlichen Job geschrieben.

YVONNE WERBITZKY

It´s Difficult For Love

Roman

Bibliografische Information der Deutschen Nationalbibliothek:
Die Deutsche Nationalbibliothek verzeichnet diese Publikation
in der Deutschen Nationalbibliografie, detaillierte bibliografische
Daten sind im Internet über http://dnb.dnb.de abrufbar

©2021 Yvonne Werbitzky
Stadionstr. 8

41516 Grevenbroich

yvonnewerbitzky@gmx.de

März 2021
Herstellung und Verlag:
BoD - Books on Demand, Norderstedt
Covergestaltung: NH-Buchdesign
Lektorat: Manuskript - Manuela Tengler

ISBN lautet 9783752686074

Ich widme dieses Buch meiner Familie.
Ich bin sehr glücklich mit euch.

1

Hoffentlich wird alles gut!

Ich habe echt Glück, so kurzfristig noch genommen zu werden, da ich die Anmeldefrist verschwitzt habe. Vorgestern kam die Zusage und ich habe viel zu erledigen. Mich von meinem einzigen besten Freund zu verabschieden und mein Hab und Gut packen, da ich noch zu Hause wohne. Die ganze Zeit widme ich mich meinem Studium und meinem alten Herrn. Kein Job bedeutet, sich keine Wohnung leisten zu können. In Köln wird alles anders, mit weniger Chaos und mehr Ordnung. In Gedanken an mein neues Leben versunken fällt mir das Kabelwirrwarr in meinem Zimmer gar nicht auf. Bis ich plötzlich stolpere und auf dem mit Staubflocken übersäten Boden lande. Autsch! Saugen wäre gut gewesen, aber jetzt brauche ich das auch nicht mehr. Mein alter Herr hört den Rumps. Er kommt ins Zimmer und fängt fürchterlich an zu lachen.

„So, nun haste den Salat. Ich habe dir immer wieder gesagt, räume die Kabel auf!"

Ich versuche mich zu befreien und antworte darauf.

„Ja, weiß ich doch."

Mein Vater sieht verwundert auf die gepackten Taschen auf dem Bett.

„Was hast du vor, Tom?"

„Ach ja, du weißt es ja noch gar nicht. Ich habe eine Zusage von der Hochschule Köln erhalten. Übermorgen geht es los!"

„Womit geht es los? Was für eine Zusage?"

„Das habe ich dir doch erzählt. Hier in Birkenfeld habe ich nicht genug Möglichkeiten, in meinem Studium richtig durchzustarten. Deswegen werde ich mein Studium woanders weitermachen."

„Nein, Tom, das hast du mir nicht erzählt", antwortet Peter etwas zerstreut.

„Ist jetzt auch egal, auf jeden Fall werde ich nach Köln ziehen. Oh Paps, ich freue mich so. Es wird spannend. Eine Großstadt mit Tausenden von Studenten und vielen Unternehmungsmöglichkeiten, nicht so wie hier!"

„Und jetzt lässt du mich einfach Holter die Polter hier allein zurück? Ohne vorher etwas zu sagen und erzählst mir von dieser schweren Entscheidung zwischen Tür und Angel?"

Peter verlässt mein Zimmer und die Wohnung.

Ich will noch hinterher, aber mein alter Herr ist schneller. „So ein Mist, daran habe ich überhaupt nicht gedacht!", fluche ich und starre auf die Eingangstür.

Heute ist der 1.Tag meines besser werdenden Lebens. Ich stemme meine letzte Kiste hoch und versuche noch einmal, mich von meinem Vater zu verabschieden. Auch diesmal reagiert er nicht und starrt nur schweigend aus dem Fenster. Also gehe ich zu meinem grünen Käfer, verstaue die letzte Kiste und fahre los. Ich liebe meinen alten VW-Käfer. Er ist zwar einfach gestrickt und keucht beim kleinsten Hügel, aber er bringt mich immer verlässlich ans Ziel. Ich bin so aufgeregt. Nun verlasse ich tatsächlich mein Dörfchen und fange in der Großstadt neu an. Kaum zu fassen, dass ich das auf die Reihe bekommen habe. Hoffentlich habe ich an alles gedacht! Noch mal überlegen. Abmeldung der alten Uni, Anmeldung an der Hochschule Köln, Meldung bei der Studentengruppe für ein WG-Zimmer. Ah Shit, ich habe vergessen, es zu bezahlen. Oh nein. Irgendwo unterwegs muss ich anhalten und versuchen Mina zu erreichen. Keine Raststätte in der Nähe, wie immer, wenn man dringend eine braucht. Egal, ich halte am Randstreifen. Bitte gehe ran! Tut ... Tut.

„Hallo Mina Leone am Apparat."

„Hi Mina! Hier ist Tom Schmitt aus Birkenfeld."

„Oh, hallo Tom. Wie kann ich dir helfen?"

„Tja, du hattest mir gesagt, ich sollte zwei Tage vor Anreise die Miete für das Zimmer überweisen. Ich habe es vergessen. Ist das Zimmer noch frei?" Im Hintergrund höre ich ein Auto hupen und ich schaue in den Seitenspiegel. Dies ist ganz knapp an meinem vorbei gerauscht.

„Ja, Tom, ich erinnere mich wieder. Es tut mir leid, aber da ich gestern Morgen keinen Eingang der Miete verbuchen konnte, habe ich es an jemand anderen vermietet. Die Zimmer sind hier sehr begehrt, bei dem günstigen Preis."

„Na ja, von günstig kann man ja nicht wirklich reden", flüstere ich und hoffe, Mina hört es nicht.

„Gut, dann kann man halt nichts machen. Hast du denn einen Tipp für mich, wo ich jetzt noch ein Zimmer herbekomme?"

„Leider nein."

„Ok, trotzdem danke. Wir sehen uns morgen."

„Ja, bis morgen Tom."

„Verdammt, verdammt, verdammt!" Ich schlage wütend auf das Lenkrad. Was mache ich denn jetzt? Erst mal weiterfahren. Für ein Hotelzimmer habe ich kein Geld, aber für ein Hostel reicht mein Erspartes.

Als ich eine Stunde später endlich im Park auf der Wiese sitze, telefoniere ich sämtliche Hostel ab. Nichts frei. Es ist Messe, lautet immer die Antwort. Es ist in Köln anscheinend deutlich schwieriger, ein freies Zimmer zu bekommen als bei mir in Birkenfeld. Erst jetzt fällt mein Blick auf meine Umgebung. Köln, meine neue Heimat, sofern ich ein Zimmer finde. Es gefällt mir, am Rhein sitzen und mit den Augen in die Ferne zu schweifen, die Schiffe zu beobachten. Während ich dem sanften Plätschern des Wassers lausche, nimmt mein Stresspegel etwas ab. Mittlerweile geht die Sonne unter und ich denke an meinen Vater. Wie konnte ich ihn nur so verletzen und mein eigenes Ding durchziehen, ohne ihn rechtzeitig in meine Pläne einzuweihen?

Oh, nein! Ich bin eingeschlafen!

Im ersten Moment bin ich irritiert. Ich bin in Köln. Wie spät ist es? Ich gucke auf die Uhr, erst 7:30 Uhr. Mein Bauch knurrt. Kein Wunder, ich habe gestern bis auf das Frühstück nichts mehr gegessen. Also los, ab zum Auto. Als ich einsteigen will, entdecke ich ein Knöllchen.

30 €! Mist, da habe ich ja gar nicht dran gedacht. Eigentlich habe ich kein Geld für so was. Egal jetzt, ich muss was essen!

Nachdem ich in einem Café gefrühstückt habe, mache ich mich auf dem Weg zur Schule. Ich bin nervös, warum eigentlich?

Vielleicht wegen der imposanten Größe der Hochschule oder einfach, weil es ein neuer Abschnitt für mich ist. Im Hörsaalgebäude suche ich an der Tafel meinen Raum. Bis ich ihn gefunden habe, vergehen zwanzig Minuten. Ist das riesig hier, bestimmt verlaufe ich mich noch.

Als mein erster Kurs vorbei ist, gehe ich zum nächsten. Auf dem Weg in den Vorlesungssaal fällt mir eine junge Frau auf. Ich kann nicht anders, als sie intensiv zu betrachten. Sie steht dort mit einer Freundin, quatscht und lacht freudig über etwas. Ich beobachte sie, ohne zu wissen, wer sie ist.

„Wow!" Oh, das habe ich jetzt doch nicht laut gesagt? Anscheinend schon, denn sie dreht sich um. Ihre langen Beine kommen direkt auf mich zu. Oh, meine Güte. Mein Blick stoppt in ihrem Gesicht.

„Hallo, ich bin Mina Leone. Du bist bestimmt Tom Schmitt. Ich habe dich nämlich noch nicht hier gesehen und du scheinst etwas suchend zu sein." Wir reichen uns gegenseitig die Hände.

„Äh, ja hallo." Mir bleiben die Worte aus.

„Huhu, Tom!"

Mist, vor lauter Bewunderung ihrer Schönheit bin ich abwesend. Ihre Haut ist so zart und weich. Ich möchte sie am liebsten nicht los lassen.

„Ja entschuldige. Was hast du gesagt?" Und ziehe ruckartig meine Hand zurück.

„Du suchst bestimmt noch ein Zimmer, oder?"

„Ja. Ich habe noch keins gefunden. Letzte Nacht habe ich im Park geschlafen. Ist gar nicht so schlimm", behaupte ich.

„Im Park? Bist du wahnsinnig? Da ist es doch viel zu gefährlich. Ich hoffe, du hattest keine Wertsachen bei dir?"

„Nein, die waren im Auto."

„Gut."

„Was ist jetzt mit dem Zimmer?", frage ich sie verunsichert, weil mich sexy Frauen immer nervös machen. Mina schaut auf die Uhr, tritt von einer Stelle auf die nächste und antwortet eilig:

„Morgen wird kurzfristig ein Zimmer frei, habe ich heute erfahren. Wenn du das haben möchtest, kann ich es für dich reservieren?"

„Gerne. Wie viel kostet es?", frage ich nach, bevor ich unüberlegt zusage. Die Worte meines Vaters kommen mir in den Sinn. Er möchte mich immer in jeder Lebenslage schützen.

„Fünfzig Euro günstiger als das andere, aber dafür kleiner. Ich bräuchte allerdings dann noch heute das Geld von dir. Du kannst ja später vorbei kommen und es mir bringen. Dann kann ich dir direkt das Zimmer zeigen", erklärt Mina.

„Ja, das ist in Ordnung."

„Die Adresse lautet Ostmerheimer Straße 35. Du kommst mit der Straßenbahnlinie 1 gut dahin. Ach nein, du bist ja mit deinem Auto da. So um 17 Uhr?"

„Prima, dann bis später."

„Bis später", verabschiedet sich Mina und geht zurück zu ihren Freundinnen.

Wie angewurzelt stehe ich da und betrachte ihre schulterlangen braunen Haare und überlege, was das wohl in ihrem Gesicht ist. Plötzlich fällt mir mein Kurs ein und schaue auf die Uhr. Mist, wird langsam Zeit.

Als ich im Kurs angekommen bin, ist eine Viertelstunde vorbei, denn ich habe mal wieder den Raum nicht gefunden. Das wird in nächster Zeit die größte Herausforderung für mich. Da kommt mir ein Gedanke. Woher wusste Mina, dass ich Tom bin?

Um 17:10 Uhr stehe ich vor dem Haus, das mein neues Zuhause werden soll. Ich bin nervös und neugierig. Kaum drücke ich die Klingel, ertönt der Summer.

„Zweiter Stock!", ruft Mina.

Als ich oben vor der Tür stehe, bin ich außer Atem.

„Hi Tom. Schön, dass du es geschafft hast. Komm ruhig herein." Mina strahlt regelrecht und zieht mich am Arm in die Wohnung. Sie scheint glücklich zu sein. Und wieder bin ich auf ihr Gesicht fixiert.

„Hallo Mina. Sorry für die Verspätung."

„Nicht schlimm. Zieh dich aus! Ich meine ziehe die Jacke aus und schmeiß diese auf das Sofa. Wir haben keine Garderobe, wie du erkennen kannst."

„Ja echt außergewöhnlich. Man steht direkt in einem offenen Raum mit Küche, Esstisch und Wohnzimmer. Echt cool."

„Komm, ich zeige dir jetzt erst mal dein Zimmer." Mina geht voraus und zeigt mir die ganze Wohnung. Das Bad ist das schönste. Es hat eine große Eckbadewanne. Mein Zimmer ist quadratisch, praktisch, gut. Nach kurzer Zeit sucht Mina erneut das Gespräch mit mir.

„Und, gefällt es dir?", fragt Mina gespannt.

„Ja, es ist etwas zu klein, aber für den Anfang es wird wohl gehen."

„Gut, dann brauch ich jetzt eine Unterschrift für den Mietvertrag und die Miete. Komm, wir setzen uns dafür an den Tisch. Dann kannst du morgen direkt hier einziehen." Mina klatscht wie ein freudiges Kind in die Hände. Sie freut sich auf meinen Einzug. Die Frage ist nur, warum freut sie sich darauf? Sie kennt mich doch noch gar nicht.

„Ich habe eine Frage. Könnte ich die Miete auch in zwei Raten zahlen? Ich bin gerade nicht so flüssig. Du weißt schon, was ich meine?" Ich senke dabei den Kopf.

Bevor Mina antworten kann, kommt ein Mitbewohner herein.

„Oh Tom, ich darf dir Maximilian Tucher vorstellen."

Wir reichen uns die Hände und ich stelle mich ebenfalls vor. Maximilian verschwindet danach in sein Zimmer.

„Mina, vergiss meine Frage!" Ich gebe ihr das Geld und unterschreibe den Mietvertrag.

„Es ist mir peinlich, so etwas fragen zu müssen. Sonst hilft mir mein Vater aus der Patsche. Er sagt auch immer, du musst lernen, mit deinem Geld auszukommen. Ich denke, jetzt ist der Zeitpunkt gekommen", grinse ich Mina an.

„Möchtest du noch was trinken?"

Wie aus der Pistole geschossen antworte ich:

„Ja gerne." Mein Körper schreit nach Trinken und Essen, denn ich habe nur gefrühstückt. Mina steht auf, geht zur Küche und bringt mir ein Glas Wasser. Ich trinke es in einem Zug leer.

„Oh, du hast ja einen großen Durst."

„Ja entschuldige. Außer dem Frühstück habe ich heute nichts gegessen, geschweige denn getrunken", gestehe ich.

Mina besteht darauf, dass ich zum Abendessen bleibe.

Während wir zusammen am Tisch das Essen genießen, kommt noch eine weitere Person in die Wohnung. Diese Frau ist nicht so ruhig wie Mina, eher hektisch.

„Oh, ihr esst schon. Tut mir leid, ich stand im Stau." Sie schaut etwas verdattert zu mir.

„Hi Amely, darf ich dir unseren neuen Mitbewohner vorstellen? Das ist Tom Schmitt, er wird morgen einziehen."

„Hallo Tom, nett, dich kennenzulernen. Ich bin Amely von Bodenhausen", begrüßt sie mich und reicht mir die Hand, aber der Blick verrät, sie ist noch nicht erfreut.

„Hi Amely."

Amely setzt sich zu uns. Mina steht auf und holt einen weiteren Teller und Besteck. In dieser entspannten Runde sitzen wir und lachen gute drei Stunden. Dabei habe ich die WG-ler besser kennengelernt. Sie erzählten aus dem Nähkästchen über ihre Berufe. Maximilian ist Kellner in einer Kneipendisco und Amely ist in einer Boutique angestellt. Das kann man auch an ihr selbst sehen. Sie ist toll angekleidet, aber für meinen Geschmack etwas zu übertrieben.

Wir räumen gemeinsam den Tisch ab. Als ich aufbrechen will und in Richtung Wohnungstür laufe, fragt Mina mich:

„Wo schläfst du denn diese Nacht?"

„Weiß ich noch nicht. Da habe ich mir noch keine Gedanken zu gemacht. Vielleicht im Auto."

„Ok Tom. Du wirst auf jeden Fall nicht wieder im Park übernachten und im Auto auch nicht, denn das ist strafbar." Mina hält mich am Arm fest und zieht mich zurück zum Tisch.

„Im Park?", Amely und Maximilian machen große Augen. Mina nickt heftig. Jetzt stehen wir alle zusammen im Kreis mitten im Gemeinschaftsraum.

„Ja, dieser verrückte Kerl hat im Park übernachtet, weil er noch keine Bleibe hat."

„Mensch Tom, das kannst du nicht machen. Da laufen um die Uhrzeit nur komische Leute herum. Ich würde vorschlagen, du schläfst diese Nacht auf dem Sofa und morgen kommst du mit deinem Zeug. Oder Mädels, was sagt ihr?" Maximilian sieht Amely und Mina eindringlich an.

Beide stimmen ihm zu. Also widerspreche ich nicht und bin dankbar für das Sofa. Mina läuft los und bringt mir eine Decke sowie ein Kissen. Dann gehen alle bis auf Mina auf ihre Zimmer, denn es ist inzwischen spät geworden.

Mir fällt noch schnell mein Auto ein.

„Du Mina, ich habe mein Auto im Hof hinter dem Haus stehen. Soll ich den lieber umparken oder ist das für heute okay? Ich kann mir nicht noch ein Knöllchen leisten."

„Wie noch ein Knöllchen?"

„Ja, dummerweise habe ich schon eins im Park bekommen."

„Da läuft abends schon mal das Ordnungsamt herum, um noch mal alles zu kontrollieren. Die haben dir das wahrscheinlich daran gemacht. Ja, für diese Nacht ist es okay. Du musst nur morgen früh schnell einen Zettel aufhängen im Hausflur. Der Hausmeister wohnt hier mit im Haus und der ist nicht immer so gut gelaunt."

„Ja, das mache ich gleich morgen früh. Vielen Dank noch mal für alles."

„Keine Ursache. Ich helfe gerne", lächelt Mina mich kurz an und geht ebenfalls in ihr Zimmer.

Ich habe das Gefühl, als ob ich schon ewig hier bin. Mit diesem Gedanken schlafe ich ein.

Am nächsten Morgen werde ich von verführerischem Kaffeeduft geweckt. Die Augen zu öffnen fällt mir schwer, denn ich habe gut geschlafen. Das Sofa ist knautschig und bequem. Ich setze mich auf, noch in der Decke umhüllt. Mina steht in der

Küche und bereitet das Frühstück vor. Der Tisch ist voll mit leckeren Sachen wie Rohkost, Orangensaft, verschiedene Marmeladen, Croissants und Brötchen. Mir läuft das Wasser im Mund zusammen. Mina bemerkt mich und dreht sich um.

„Guten Morgen Tom. Hast du gut auf dem Sofa schlafen können?"

„Morgen", ich reibe mir die Augen, „ja, es ist sehr bequem. Danke noch mal, dass ich hier übernachten durfte." Ich stehe auf und gehe auf den Esstisch zu.

„Kein Problem. Besser als im Park, oder?" Macht Mina sich etwa Sorgen um mich?

„Besser als im Park."

„Du siehst auch völlig entspannt aus!", grinst Mina mich an und macht eine Handbewegung in Richtung meiner Haare.

„Ach so, meine Haare."

„Besser als im Park. Hättest du mal eben einen Zettel und Stift für mich?"

„Das Problem mit dem Auto habe ich schon für dich erledigt. Ich hoffe, das ist okay?"

„Oh danke. Sag mal, machst du jeden Morgen so ein tolles Frühstück für alle?" Schon sitze ich auf dem Stuhl und schnappe mir ein Stück Möhre.

„Nein, dazu habe ich in der Woche keine Zeit."

„Die hättest du, wenn du ein wenig früher aufstehst." Ich grinse und Mina schaut mich verdutzt an. Ein Augenzwinkern, und sie lächelt wieder.

„Ah, so einer bist du also. Anderen gute Ratschläge geben, statt dir selbst mal die Hände schmutzig zu machen. Um das mal direkt hier in unserer WG klarzustellen:

Hier macht jeder etwas für die Gemeinschaft. Und wenn wir schon mal dabei sind, Tom, zeige ich dir gleich mal den Plan dazu."

Ich studiere den Plan und begreife schnell, dass ich mir selbst eine Grube geschaufelt habe. Da kommt mir der Gedanke an zu Hause. Dort war alles so einfach, weil mein Vater mir viel abgenommen hat. Jetzt möchte ich aber mein Leben in die Hand nehmen. Da gehören Hausarbeit und Gemeinschaftsdenken dazu.

In Gedanken versunken bemerke ich gar nicht, dass die anderen zwei ebenfalls an den Frühstückstisch kommen.

„Guten Morgen ihr zwei. Danke auch noch mal an euch. Es ist nicht selbstverständlich, so nett aufgenommen zu werden."

„Alles gut", antwortet Maximilian. Amely sagt gar nichts dazu. Sie ist sehr aufgetakelt. Die Hausschuhe haben einen Absatz und Amely ist schon geschminkt, zum Frühstück! Wir sitzen alle am Tisch und frühstücken gemütlich. Wir bereden dabei, was denn alle so heute vor haben. Ich helfe Mina den Tisch abzuräumen und eröffne meinen Einzug mit den Worten:

„Ich lege jetzt mal los, meine paar Kisten aus dem Auto zu holen."

„Brauchst du Hilfe?", fragt Maximilian.

„Nein, es sind nur ein paar Kartons, das werde ich schon schaffen, aber danke." Voller Tatendrang verlasse ich die Wohnung und ein wohliges Gefühl macht sich in mir breit.

Als ich meine Kartons ausgepackt habe, bemerke ich schnell, dass das Zimmer noch sehr leer ist. Meine Bücher habe ich auf die Fensterbank gestellt, die Matratze ausgerollt und mit meinem Bettzeug überzogen. Auf den Beistelltisch stelle ich das Bild von meinem Vater. Den Rest lasse ich erst mal in den Kartons. Ich werde wohl vorläufig aus Kisten und Koffern leben. Bis zum Abend bleibe ich in meinem Zimmer und ziehe mich zurück. Mir geht alles Mögliche durch den Kopf. Mein Auszug, der Streit mit meinem Vater, aber auch diese tolle WG hier und die Hochschule kommen in meinen Gedanken vor. Als ich mich zum Schlafen legen will, klopft es an meiner Tür.

„Hey Tom, hast du Bock auf ein Bier?"

Ich stehe auf und öffne die Tür. „Ja, warum eigentlich nicht."

Maximilian erhascht einen kurzen Blick ins Zimmer.

„Bist du schon fertig mit einrichten?"

„Viel habe ich ja nicht mitgebracht aus Birkenfeld. Was ist jetzt mit dem Bier?", lenke ich das Gespräch zurück. Wenig später stehen wir auf dem Balkon. Die Sterne leuchten am Himmel, so spät ist es schon. Maximilian reicht mir eine Bierdose „*Kölsch*", die ich unbedingt probieren soll. Da ich diese Sorte noch nicht getrunken habe, nehme ich erst mal einen kleinen Schluck und lasse es mir auf der Zunge zergehen. „Mmh, schmeckt gar nicht mal so schlecht", stelle ich fest. Es ist ein typisches Bier für Köln, erzählt Maximilian mir.

„Mensch, das ist das beste Bier auf der ganzen Welt und du sagst, es schmeckt gar nicht so schlecht!" Maximilian lacht mich an.

„Ich kann nicht behaupten, viel Ahnung von Bier zu haben oder zu wissen, ob es das beste Bier auf der ganzen Welt ist." Ich grinse verlegen.

„Du bist doch Kellner. Vielleicht hast du ja deshalb so viel Ahnung. Warum bist du eigentlich heute zu Hause?"

„Entschuldigung, ich wohne hier. Ach so, du meinst, weil ich sonst abends weg bin, wie ich bereits beim

Frühstück erwähnt habe. Heute ist mein freier Tag. Nach zwei Wochen durcharbeiten habe ich mir eine kleine Pause verdient."

„Das hört sich ziemlich anstrengend an. Du hast kaum normale Nächte, dafür wahrscheinlich jeden Tag eine Menge Zettel mit Telefonnummern von Mädels, ach und so nebenbei trainierst du noch deinen Body", zähle ich die Klischees auf.

„Glaubst du wirklich, dass es so abläuft?"

„So ähnlich bestimmt", antworte ich ziemlich selbstsicher.

Maximilian wirkt ein wenig sauer.

„Komm in unsere Kneipendisco und schau es dir an, danach sprechen wir noch mal darüber." Er dreht sich um und geht, ohne noch ein weiteres Wort zu verlieren. Shit, das sollte doch nur ein Scherz sein.

„Hey Maximilian. Das war doch nur ein Scherz!", rufe ich noch hinterher, aber er geht ohne weitere Reaktion in sein Zimmer.

So stehe ich nun wieder allein auf dem Balkon. Das Gefühl kenne ich schon zu gut. Fast mein ganzes Leben fühle ich mich so einsam. Meine Mutter verließ uns, da war ich fünf Jahre alt. Mist, jetzt lasse ich mich wieder in die Tiefe ziehen. Ich möchte es ändern, nicht mehr allein sein. Ich möchte Menschen kennenlernen und Spaß haben. Die Bierflasche ist mittlerweile leer und ich gehe mit einem blöden Gefühl ins Bett.

Der Wecker klingelt und ich bin todmüde. Heute ist Hochschule mit vier Kursen angesagt. Eigentlich soll ich mir dringend einen Job suchen, denn irgendwie ist in drei Wochen die nächste Miete fällig.

An der Hochschule angekommen gehe ich erst mal und versuche erneut die Säle zu finden. Es ist noch so vieles neu, aber ich stehe das alles ohne großartige Unterstützung durch. Als ich im zweiten Kurs sitze, fällt mir der gestrige Abend mit Maximilian wieder ein. Ich war echt unverschämt. Ich entschuldige mich besser bei ihm, denn eigentlich habe ich gehofft, hier in Köln Freunde zu finden und endlich ein neues Leben anzufangen.

Der Tag zieht sich wie Kaugummi. Am Kiosk hole ich mir eine Kölner Zeitung. Auf dem Weg nach Hause kommt mir eine Idee. Ich gehe in den Supermarkt, um einen Kuchen zum Einstand zu kaufen. Vor der Kasse blicke ich kurz in meine Geldbörse. Ob es überhaupt noch machbar ist?

2

Aller Anfang ist schwer

Puh, zum Glück reicht das Geld noch. Ich streiche mir über die Stirn. Damit hoffe ich auf etwas Gutes zum Tagesende bei meinen Mitbewohnern. Zu Hause angekommen stelle ich den Kuchen samt der Sahne auf den Esstisch und rufe die anderen in die Küche. Doch keiner antwortet und kommt. Da bemerke ich erst, dass ich als erster eingetroffen bin. Die anderen werden bestimmt bald kommen.

In der Zwischenzeit mache ich es mir auf der Couch gemütlich, lese die Zeitung und suche mir einen Job. Es wird immer später. Als Mina endlich hereinkommt, ist es schon Abendbrotzeit. Ich springe augenblicklich von der Couch auf und gehe zum Esstisch. Ich freue mich, Mina zu sehen.

„Hi Mina. Hast du einen angenehmen Tag gehabt?"

„Ja, aber es war wieder sehr lang. Ich bin echt kaputt und ich brauche jetzt schnell etwas zu essen. Mein Zuckerspiegel ist bestimmt ziemlich tief", antwortet Mina und sprintet in Richtung Kühlschrank.

„Schau mal, ich habe Kuchen und Sahne mitgebracht. Du kannst dich gerne bedienen. Ich möchte meinen Einstand feiern. Ich weiß, Kuchen um diese Uhrzeit ist jetzt nicht mehr so das Wahre, aber eigentlich habe ich mit allen WG-lern schon viel früher gerechnet."

„Ich bin eigentlich die anderen Tage etwas früher hier, aber im Moment bereite ich mich auf meinen Abschluss vor. Amely kommt immer erst gegen 19 Uhr, denn sie schließt meistens noch die Boutique und Maximilian geht meistens zur Arbeit um 19 Uhr. Wo er jetzt noch steckt, weiß ich leider auch nicht", erklärt Mina.

„Ja, Maximilian ist ein gutes Stichwort, ich war gestern nicht so korrekt zu ihm. Ich würde mich gern bei ihm entschuldigen. Mein großes Mundwerk hat gestern gesprochen. Ich glaube, er ist ziemlich sauer auf mich."

„Oh okay, da mische ich mich nicht ein. Das musst du allein klären. Maximilian ist echt ein netter Kumpel und es wäre nicht gut, wenn du es dir mit ihm verscherzt. Das mit dem Kuchen finde ich eine tolle Idee. Ich würde aber trotzdem gerne vorher noch was Anständiges essen. Hilfst du mir dabei?", fragt Mina.

„Ja, finde ich gut. Du Mina? Meinst du, ihr könntet mir ein wenig mit Lebensmitteln und anderen Dingen aushelfen? Ich bin momentan finanziell echt mies dran", erkläre ich zerknirscht.

„Du bist gut. Jetzt kenne ich dich erst seit ein paar Tagen und weiß schon genau, wie du so gestrickt bist. Du bist forsch und unverschämt, glaubst dich beweisen zu müssen mit deiner großen Klappe. Bei uns musst du das nicht. Sei einfach du selbst. Das Mitbringen von Lebensmitteln oder anderen Dingen für dich, wieso sollte das ein Problem sein? Es reißt dir niemand deinen zuckersüßen Kopf ab, aber wir werden uns da noch etwas Tolles für dich ausdenken", stellt Mina klar.

Ist das etwa ein Kompliment? Sie findet mich süß. Ich grinse.

„Mina, es tut mir leid. Ich will nicht so dreist sein, aber weißt du …" breche ab.

„Tom, was ist los? Du kannst mir ruhig erzählen, was los ist."

„Ich brauche eure Hilfe. Ich brauche dringend einen Job, damit ich Rechnungen bezahlen und hierbleiben kann. Nach Birkenfeld möchte ich nicht zurück. Ich fühle mich hier unter euch sehr wohl. Ich weiß nicht, ob ich das allein schaffe." Shit, das war jetzt aber eine Überwindung. Mein Herz rast gerade total. Nur warum?

Mina versucht, mich zu beruhigen. Sie scheint meine Angst und Unsicherheit zu bemerken.

„Du, hier in Köln leben wir etwas lockerer. Was ich

28

damit meine, ist, dass wir optimistisch sind und uns hier nicht unterkriegen lassen. Ganz nach dem Motto ,*Et kütt wie et kütt'*. Das ist ein Spruch aus dem ,*Kölschen Grundgesetz'*. Die solltest du unbedingt mal lesen! Und wenn ich dir helfen kann, dann tue ich das gern. Hast du verstanden, was ich dir damit sagen möchte?" Mina streichelt mir über die Oberarme, um mir zu signalisieren, dass das alles halb so wild ist.

„Danke Mina. Und das mit den Sprüchen, das schaue ich mir bestimmt mal an", knipse ich ihr ein Auge zu und grinse dabei.

„Keine Ursache, aber dafür hilfst du mir jetzt beim Essen machen, und deinen Kuchen essen wir zum Nachtisch. Also hast du doch was zum Essen beigetragen, oder?", sie zwinkert mir zu.

„Okay, genauso machen wir das."

Mina kümmert sich um das Putengeschnetzelte und ich schneide das Gemüse für den Wok. Es riecht sehr lecker. Als wir das Essen fertig haben, kommt Amely nach Hause.

„Hi, ihr zwei."

„Hi, du allein", sage ich und Mina stupst mich in die Seite. Warum sie das tut, weiß ich nicht.

„Soll ich den Tisch decken?", fragt Amely und schaut mich total giftig an.

„Ja gerne. Tom hat zum Einstand Kuchen und Sahne mitgebracht. Ist das nicht nett von ihm?"

„Ja, total." Ansonsten sagt Amely nichts. Jegliche Mühe von Mina, etwas Positives über mich zu äußern, verglüht wie ein Stern im Universum. Ich verstehe es nicht, denn eigentlich haben wir uns noch gar nicht wirklich kennengelernt, außer am ersten Abend. Es liegt an mir, wie immer, denke ich.

Amely kommt an den Herd und schaut in den Wok.

„Mmmh, mein Lieblingsessen! Es duftet himmlisch Mina."

„Ja, das ist einfach und leicht zugleich bei diesen gefühlten 50° Grad draußen. Ich möchte nichts schweres Essen, was solange im Bauch liegt. Du kannst dich auch gerne bei Tom bedanken, denn er hat mir geholfen."

„Danke", flüstert Amely.

„Gerne doch", antworte ich und schaue Amely direkt in die Augen. Sie dreht sich daraufhin sofort weg von mir. Was soll das denn? Habe ich etwas falsch gemacht?

Anscheinend werde ich in Köln genauso Schwierigkeiten haben, neue Freunde zu finden wie zu Hause. Ich dachte, das Problem war, dass ich nur vor dem PC gesessen habe und kaum mit Menschen Kontakt hatte bis auf die Uni.

Na ja, falsch gedacht, es liegt an mir selbst! Mit diesem Gedanken gehe ich zu Tisch. Wir essen das Geschnetzelte und die beiden Mädels sprechen ohne

Punkt und Komma. Mir wird bewusst, dass keiner mich als anwesend wahrnimmt. Somit räume ich meinen Teller in die Spüle und gehe traurig, ohne ein Wort zu sagen in mein Zimmer. Alles, was ich mir wünsche, ist, dass ich Freunde finde.

Aber das geht deutlich schwieriger als gedacht.

Als ich mich gerade ins Bett legen will, klopft es an meiner Zimmertür.

„Tom, bist du noch wach?"

„Ja."

„Dürfte ich mal kurz reinkommen?"

„Klar."

Mina öffnet die Tür und schaut vorsichtig durch den Türspalt. Als ihr Blick mich auf dem Bett gefunden hat, sagt sie schüchtern:

„Entschuldige die Störung, ich wollte kurz fragen, ob alles gut ist? Du bist vorhin so schnell weg ohne einen Ton."

„Komm rein und setz dich!" Ich zeige mit der Hand auf die Stelle, wo Mina sich auf mein Bett setzen soll. Ich bemerke, dass sie nicht weit weg von mir sitzt. Mir wird heiß und mir ist nicht wohl in meiner Haut. Was ist nur los mit mir?

„Ja, es ist alles gut", antworte ich ziemlich verunsichert.

„Ihr habt so schön miteinander geredet, da wollte ich nicht stören."

„Quark, du störst doch nicht. Ganz im Gegenteil. Ich bin sehr froh, dass du bei uns bist."

„Du vielleicht, aber Amely scheinbar nicht. Ich weiß nicht, was ich falsch mache." Als ich das ausgesprochen habe, überkommt mich erneut die Traurigkeit und ich senke den Blick, aber leider nicht unbemerkt.

„Du machst gar nichts falsch, außer ... außer deine forsche Art und dein Mundwerk. Es kommen nicht alle mit derart ehrlichen Worten und deiner offenen Art und Weise klar."

„Meinst du, ich soll mich jetzt ändern?"

„Jetzt hör aber auf! Für niemanden musst du dich ändern! Vielleicht einfach nur auf deine Wortwahl achten. Ist nur ein Tipp von mir." Mina steht auf und geht zur Tür. Sie dreht sich noch mal um, zwinkert mir zu.

„Denk mal darüber nach! Gute Nacht Tom. Schlaf gut."

„Gute Nacht Mina." Plötzlich spüre ich wieder die Leere in mir. Ich lege mich in die Embryonalstellung und schlafe ein.

Am nächsten Morgen wache ich mit einem nass geschwitzten Körper auf, auch das Laken ist pitschnass. Ich gehe zum Fenster, ziehe das Rollo auf und öffne das Fenster, um die frische Luft tief einatmen zu können. Schon wieder dieser Traum, denke ich. Gedankenverloren schaue ich auf den Hinterhof. Ich sehe den Hausmeister, wie er den Hof kehrt. Hin und wieder träume ich von einem Autounfall. Jedes Mal frage ich mich, was das mit meiner Mutter zu tun hat. Sie ist an Krebs gestorben! Vielleicht sollte ich noch mal versuchen, mit meinem Vater zu sprechen und diese Unklarheiten zu klären. Zuerst muss ich aber duschen!

Nachdenklich gehe ich langsam zum Frühstückstisch.

„Tom? Tom? Huhuuuu!"

„Oh, sorry. Ich bin in Gedanken. Guten Morgen ihr zwei." Auf dem Weg zum Tisch berühre ich aus Versehen Minas Arm. Diese Berührung ist wie ein kleiner Blitzschlag. Mein Herz rast, mir wird warm und kalt zugleich. Was soll denn das?

Ich versuche mich zu normalisieren, dabei schaue ich abwechselnd die Mädels an und bemerke Amelys Gesichtsausdruck.

„Amely, ist alles gut?"

„Ja", antwortet sie genervt.

Wir frühstücken ausgiebig mit Brötchen, Aufschnitt, Käse, Eier und frisch gepressten Orangensaft, denn es ist Wochenende. Ich habe mir für heute vorgenommen, meinen Vater anzurufen und mich am Mittag auf Jobsuche zu machen. Mina hat mir tolle Tipps gegeben, wie ich das am besten angehen kann. Das Frühstück hat lecker geschmeckt und war in der Runde mit allen Mitbewohnern gemütlich und kommunikativ. Nur Maximilian hat nicht mit mir gesprochen. Ich konnte mich noch nicht bei ihm entschuldigen. Ich habe Angst davor. Warum eigentlich frage ich mich.

Wir beginnen gemeinsam den Tisch abzuräumen, also räume ich meinen Platz auf und stelle mein Geschirr in die Spüle. Auf dem Weg in mein Zimmer fällt mir plötzlich ein, dass ich Mina noch etwas fragen möchte. Ich drehe mich herum und bleibe abrupt stehen.

„Ach Mina, hast du eventuell heute Zeit, mir den Weg in die City zu zeigen? Ich möchte mich um einem Job kümmern."

„Das wird auch höchste Zeit", bemerkt Amely.

Wenn Blicke töten könnten, dann wäre ich jetzt tot.

„Klar Tom. So um 14 Uhr?", fragt Mina.

„Prima, das passt. Danke. Bis später."

„Bis nachher."

Nach dem netten Gespräch mit Mina freue ich mich sehr auf heute Nachmittag.

Die Zeit bis zum Treffen vergeht irgendwie so langsam. Egal, jetzt ist es soweit. Mein Herz klopft, ich bin nervös. Ich schaue noch mal in den Spiegel, wie meine Haare sitzen und meine Kleidung aussieht. Dann gehe ich zu Minas Zimmer und klopfe an die Tür.

„Herein!" Die Türklinke gedrückt, schiebe ich die Türe auf.

„Kuckuck. Bist du soweit?" Als mein Blick Mina trifft, kommt ein „Wow!" aus meinem Mund. Sie hat einen luftigen Sommerrock mit einem bordeauxroten Top an. Sie sieht sehr hübsch aus. Ihre Haare hat sie hochgesteckt.

„Was? Ja, von mir aus können wir los." Mina scheint es nicht gehört zu haben. Zum Glück.

Sie schaut mich von oben bis nach unten an.

„Du siehst gut aus, aber hast du ein legeres Hemd zu dieser schönen Jeans?", dabei sieht Mina mich mit großen Augen an. Ich verstehe nicht, warum.

„Es macht einfach einen besseren Eindruck."

„Warte einen Moment."

Mina und ich fahren mit der Straßenbahnlinie 1 bis in die Stadt. Wir setzen uns ziemlich mittig von der Bahn. In der City angekommen fällt mir auf, dass Mina andauernd angestarrt wird. Zuerst denke ich, es liegt an ihren tollen langen Beinen. Aber so ist es nicht. Sie starren Mina im Gesicht an. Sie scheint es nicht besonders zu stören. Mich irritiert es, obwohl die Leute nicht mich anschauen.

„Da vorn an der Ecke ist das Schokoladenmuseum von der bekannten Schokoladenmarke ‚Lindt‘. Dort musst du unbedingt mal hin und es dir anschauen, allerdings kostet die Führung etwas.“

„Sieht sehr einladend aus. Das machen wir ein andermal.

Jetzt suche ich erst mal einen Job und frage an der Information, ob noch Personal gesucht wird.

Warte kurz!“

„Kein Problem!“

Kurze Zeit später bin ich wieder bei ihr.

„Und?“ Mina wartet gespannt auf meine Antwort.

„Nichts.“

„Mach dir nichts draus. Du wirst schon etwas finden. Erinnere dich an das

‚Kölsche Grundgesetz‘!“

„Wenn ich einen Job habe, lade ich dich zu einer Führung ein. Dann können wir gemeinsam der Schokolade verfallen“, zwinkere ich ihr zu. Nach einigen weiteren nicht potenziellen Anlaufstellen für eine Arbeitsstelle, knurren unsere Bäuche. Mina hat mir während des Spaziergangs mehr über Köln und die Kultur, die hier gelebt wird, erzählt. Plötzlich kommt ihr ein Gedanke:

„Hättest du Hunger aufn ‚*Halve Hahn*'?" Mina grinst mich an und ich weiß nicht, warum.

„Ein halbes Hähnchen? Das ist mir zu fettig, bei dem warmen Wetter", antworte ich nichts ahnend.

„Das ist kein halbes Hähnchen. Das ist ein halbes Röggelchen mit Käse und Zwiebelringen. Es ist ein regionales Gericht oder eher ein typischer Snack in Köln", erklärt Mina mir kopfschüttelnd.

„Ja gerne", verlegen senke ich den Kopf.

„Ich lade dich ein!", stößt Mina mich an der Schulter.

„Na dann los!"

Mina führt mich wenige Straßen weiter und dann bleibt sie abrupt stehen. Sie betrachtet das Lokal und scheint sich zu freuen.

„Hier können wir gut essen. Ich hoffe, du magst es gemütlich?"

„Ja, das schon." Ich stehe vor dem Eingang, schaue mir den Namen des Restaurants an und zeige mit der Hand darauf.

„‚*Em Veedel*' heißt wie: ‚im Viertel'. Aber eigentlich ist damit gemeint ‚In meiner Stadt' oder auch ‚in unserem Stadtviertel'.

Du kennst bestimmt das Lied von der Karnevalsband mit den schwarzen Füßen?" Mina lacht und ich lache ebenfalls.

„Nein, das kenne ich nicht. Nur ein paar Karnevalslieder, aber keine Band mit schwarzen

Füßen. Mein Vater mochte Karneval nicht wirklich. In Köln ist der Karneval eine ganz andere Nummer, oder? Können wir jetzt endlich rein? Ich verhungere."

Mina lacht.

„Klar. Entschuldige immer meine langen Erklärungen." Mina und ich stolzieren Arm in Arm rein und haben einen gemütlichen Eckplatz gefunden. Die Bilder an den Wänden zeigen die Historie von Köln. Die dunkle Maserung der Holzvertäfelung schenkt dem Restaurant einen urgemütlichen Charme. Der Kellner kommt und nimmt unsere Bestellung auf. Mina bestellt ein stilles Wasser und dieses komische Röggelchen. Ich habe mich für eine Cola und ebenfalls das Röggelchen, also den ‚Halve Hahn' entschieden. Endlich habe ich die Gelegenheit, Mina auf ihr Gesicht anzusprechen, denn wir sind mal ungestört.

„Sag, darf ich dich mal etwas fragen?"

„Ja klar."

„Was genau ist mit deinem Gesicht?"

„Mit meinem Gesicht? Ja, ich habe eine Hautkrankheit."

„Ach, ich dachte, das ist eine Verbrennung oder so etwas. Wie bekommt man denn das?", frage ich weiter.

„Durch die Sonne, aber es hat auch was mit den Genen zu tun."

Ich merke schnell, dass Mina nicht gerne darüber spricht und plötzlich in sich gekehrt ist.

„Okay, wenn du nicht darüber sprechen möchtest, dann brauchst du auch nicht." Plötzlich redet Mina weiter, sehr zu meiner Überraschung.

„Ich kann mich glücklich schätzen, dass ich es nur im Gesicht habe. Es ist eine Hautkrankheit, gegen die keine Medikamente oder irgendwelche Cremes helfen. Es gibt Therapien mit Bestrahlungen, aber diese sind nicht für jeden geeignet. Ja, ich sehe anders aus durch diese unterschiedliche Pigmentierung oder den Flecken. Es wird auch immer mehr werden und vielleicht breitet es sich auch aus. Deswegen muss ich auch beim Essen aufpassen, denn diese Krankheit ist meist eine Autoimmunkrankheit und bedeutet, dass es begleitende Erkrankungen geben kann. Die bekannteste ist Diabetes. Ich habe gelernt, damit zu leben. Inzwischen ist es mir egal, dass die Menschen mich teilweise anstarren. Die starren auch nur, weil diese Krankheit nicht so verbreitet ist. Ich führe ein normales, gutes Leben. Das Einzige, was mich unterscheidet, ist mein Aussehen. Und das ist bei vielen anderen auch so. Sonst wäre es ja auch langweilig."

„Puh, okay. Das ist jetzt aber mal eine Ansage. Wie ist die Krankheit denn bei dir ausgebrochen?" Mina hat mich echt neugierig gemacht.

„Wie schon erwähnt, es ist ein Gendefekt. Es wird durch Sonnenstrahlung und auch durch die Schädigung der Haut ausgelöst. Stress kann ein auslösender Faktor sein."

„Wie lange lebst du schon mit dieser Krankheit?"

Ich erinnere mich, dass wir im Urlaub in Italien waren. Also ich denke, ich war ungefähr 8 Jahre alt. Ich bin das erste Mal geflogen und war sehr nervös vor dem Flug. Mein Papa kommt ursprünglich aus Italien und er hat sich sehr gefreut, seine Familie wieder zu sehen. Wir waren den ganzen Tag am Strand. Es war echt schön. Die den letzten Tagen habe ich einen schlimmen Sonnenbrand im Gesicht bekommen, da hat sich meine Haut bereits verändert. Ach, hätte ich doch auf meine Mutter gehört und mich eingecremt." Mina wirkt vertieft in Gedanken.

„Na ja, hinterher ist man immer schlauer."

Der Kellner kommt und bringt unser Essen. Es sieht köstlich aus. Die vielen Informationen lasse ich erst mal sacken. Mina schaut mich immer wieder an. Warum macht sie das?

„War es okay für dich, dass ich dir ein paar Fragen gestellt habe?"

„Ja, dafür möchte ich auch etwas über dich erfahren. Wie bist du aufgewachsen?", fragt Mina plötzlich mich. Ich verschlucke mich prompt vor lauter Schock über diese Frage.

„Wo fange ich an? Ich bin in Birkenfeld groß geworden. Ich habe mit fünf Jahren meine Mutter verloren und seitdem bin ich mit meinem Vater allein. Mein Leben ist nicht wirklich spektakulär gewesen bis jetzt, aber deswegen bin ich jetzt in Köln um genau das zu ändern. Ich möchte mehr von der Welt mitbekommen. Freunde finden und das Leben genießen können." Mina schaut mich mit großen Augen an und scheint sich Gedanken zu machen.

„Okay, das ist nicht wirklich viel, was du mir da erzählst, aber gut. Wir sollten auch noch etwas weiterziehen, um vielleicht doch noch einen Job für dich zu finden. Lass uns aufbrechen, wenn wir aufgegessen haben! Vom rum sitzen kommt nichts!"

„Du hast recht, obwohl es nett hier ist. Danke für diese kleine Rundführung durch Köln."

„Du bist sehr vorsichtig in manchen Dingen. Das gefällt mir einerseits, aber andererseits ist es auch etwas rätselhaft. Ich werde dich noch knacken. Glaub mir, aber du denkst doch nicht ernsthaft, dass es das schon war von Köln?"

„Natürlich nicht. Aber ich habe einen kleinen Einblick bekommen, der mir sehr gut gefällt. Hoffentlich hast du Lust, mir noch mehr zu zeigen! Und ich bin gespannt, wie du mich knacken möchtest", strahle ich sie an und kann es kaum erwarten. Mina will mich knacken.

„Lust habe ich schon, aber wir sind hier in der City, um einen Job für dich zu finden. Ein anderes Mal gerne." Mina holt mich vom hohen Ross wieder zurück auf den Boden der Tatsachen. Es macht Spaß, mit ihr unterwegs zu sein und ihr zuzuhören. Wir spüren irgendwie so ein vertrautes Band zwischen uns. Zumindest ich empfinde es so. Ich kann das nicht anders beschreiben.

Mina bezahlt die Rechnung beim Kellner und wir verlassen das Lokal.

„Also ich denke, dass wir langsam zurückgehen. Ich möchte dir unbedingt noch etwas zeigen." Mina hakt sich bei mir ein.

„Wo möchtest du mit mir denn noch hin? Du willst mich doch hoffentlich nicht um die Ecke bringen, weil ich dich so nerve?"

Es fühlt sich gut an. Dieses Gefühl, nicht allein zu sein und anscheinend mag sie mich.

„Weißt du eigentlich, dass du in der Nähe von der Hochschule bist?", fragt Mina.

„Ja, die muss da vorne irgendwo rechts liegen." Ich zeige mit dem Zeigefinger in die Richtung.

„Ja richtig. Siehst du, ein wenig Orientierungssinn hast du schon", lobt mich Mina.

3

Aus Fehlern lernen

„Nein, wo denkst du nur hin? Ich möchte dir eine Diskothek zeigen, da wo Maximilian arbeitet. Vielleicht ist er da und du kannst dich endlich entschuldigen bei ihm." Sofort bekomme ich ein komisches Gefühl im Bauch. Ich bleibe stehen. Meine Gedanken kreisen um die Reaktion von Maximilian. Wird er meine Entschuldigung überhaupt annehmen? Was, wenn nicht? Wie soll ich ihm erklären, dass es nur ein Scherz sein sollte und ich ein gutes, lockeres Gespräch führen wollte? Mina unterbricht mich in meinen Gedanken.

„Was ist los? Dein Gesicht sieht so fragend, aber zugleich verloren aus. Komm, lass uns kurz auf eine Bank setzen."

„Ich habe ... Weißt du, ich bin in so etwas nicht gut. Das Zwischenmenschliche ist nicht mein Ding. Deswegen habe ich wohl auch nur einen einzigen Freund."

Mina schaut geschockt und abwartend auf meine Antwort.

„Ok, zwei Freunde", schau ich sie verschmitzt an, „Danke für deine Freundschaft. Vielleicht habe ich dich nicht verdient. Du hilfst, wo du kannst. Warum tust du das für mich?"

„Einfache Antwort. Weil ich dich mag. Du bist nett und freundlich. Ich kann gut mit dir reden, habe ich erst gerade eben festgestellt. Ach und bodenständig ist noch eine gute Eigenschaft von dir."

Mein Bauchgefühl ändert sich schlagartig von mulmig zu einem warmen Gefühl. Sie tut mir echt gut, merke ich.

„Okay, du hast recht. Schluss jetzt mit Selbstzweifel. Ja, ich habe nur einen Freund in Birkenfeld, weil … weil ich viel zu Hause in meinem Zimmer gehockt habe. Mein Vater wollte nicht, dass ich so viel raus gehe und Spaß habe. Mehr oder weniger, weil er Angst hatte, hat, mich auch noch zu verlieren." Ich knibbele mit meinen Fingernägeln. Es ist mir unangenehm, über mein Leben zu sprechen, stelle ich gerade fest.

„Bitte, lass uns einfach zu Maximilian gehen. Er wird meine Entschuldigung annehmen und unser Verhältnis wird wieder besser." Währenddessen laufen wir in Richtung Maximilian und die Diskothek.

„Natürlich wird er das! Aber ich möchte noch etwas wissen. Hast du Großeltern und Geschwister?", Mina scheint sehr neugierig zu sein, wie ich.

„Also Geschwister habe ich keine. Großeltern, ja eigentlich schon."

„Was meinst du mit eigentlich?"

„Die Eltern von meinem Vater sind beide früh gestorben und ich habe sie nicht mehr kennenlernen dürfen. Doch die Eltern von meiner Mutter leben noch, da war ich gerne als Kind. Zumindest erinnere ich mich so daran. Aber als meine Mutter damals gestorben ist … Da ist irgendwie der Kontakt abgebrochen. Warum, weiß ich gar nicht."

Nachdenklich gehe ich die letzten Schritte mit Mina Richtung Diskothek. Wieder wird mir mulmig. Er reißt mir schon nicht den Kopf ab, denke ich mir. Nun stehen wir vor der Diskothek. Von außen scheint der Laden sehr langweilig. Es ist nicht viel los, denn natürlich ist es für eine Disco auch nicht die richtige Zeit. Mina geht vor und ich folge ihr unsicher. Ich schaue mich um und drehe mich langsam im Kreis. Die Decke ist nicht sehr hoch und ist abgedunkelt. Ein beklemmendes Gefühl. Meine Füße bewegen sich rückwärts zum Rauslaufen. Mina kommt auf mich zu und tätschelt meine Schulter.

„Alles gut, Tom?"

„Nein, nicht wirklich. Ich muss hier raus!", und schon renne ich nach draußen. Mina folgt mir. Als sie mich erreicht, sitze ich bereits auf dem Boden an eine Wand gelehnt und schaue mir Brautkleider an. Denn das nächste Geschäft gegenüber von mir ist ein Brautladen.

„Hey, was ist los? Ist dir schlecht?"

Ich schüttele den Kopf und bekomme keinen Ton heraus. „Mensch, rede bitte mit mir!", Mina klingt besorgt.

„Ich habe Panik bekommen. Es war so erdrückend da drin. Meine Vorstellungen von der Disco sind etwas anders. Entschuldige bitte."

„Entschuldige dich nicht andauernd," erwidert Mina erneut, aber diesmal etwas energischer.

„Ich vermute, dass du Platzangst oder so etwas hast. Meinst du denn, du könntest deine Blicke von den ach so tollen Brautkleidern lösen und noch mal hinein?"

Schnaufend rappele ich mich auf und Mina hält mich an den Händen fest, bis ich sicher stehe. Ihre Hände zu spüren, lassen Blitze durch meinen Körper laufen. Jedes Mal, wenn sie mich berührt, reagiert mein Körper.

„So, ich bin soweit. So ein Kleid würde dir auch gut stehen." Ich warte auf eine Antwort von Mina. Leider vergebens. Als wir in der Disco sind, stelle ich mich an die Theke, denn diese gibt mir Halt. Mina fragt beim Wirt nach, ob Maximilian da sei. Kurz darauf kommt unser Mitbewohner um die Ecke und sieht uns sofort. Mina strahlt er an und als er mich anschaut, wird sein Blick schlagartig ernst. Meine

Haltung ist nicht gerade aufrecht, eher buckelmäßig. Plötzlich bringt mir Maximilian ein Glas Wasser.

„Geht es dir nicht gut? Du bist so blass", spricht Maximilian mich schroff an.

„Danke. Geht schon wieder. Gut, dass du da bist!" Maximilian reagiert.

„Wieso? Was willst du?" Ich stecke meine Hände in die Tasche und trete von einem Platz auf den nächsten und schaue zu Boden. Plötzlich merke ich wieder dieses Gefühl in mir aufkommen und halte mich doch besser am Tresen fest.

„Bitte, ich möchte nicht streiten, ich möchte mich nur bei dir entschuldigen für den ersten Abend", nuschele ich.

„Tom, kannst du das bitte noch mal etwas lauter sagen?"

Meine Haltung bessert sich schlagartig.

„Du warst so nett und wolltest mich kennenlernen. Und ich habe nichts Besseres zu tun und drücke dir Sprüche rein, obwohl ich keine Ahnung von der Gastronomie habe. Mein Verhalten dir gegenüber war einfach nicht in Ordnung. Sorry!", und ich strecke ihm die Hand entgegen. So. jetzt kann ich nichts mehr tun, als zu hoffen, dass Maximilian die Entschuldigung annimmt.

„Warum bringst du dann solche Sprüche? Verstehe ich nicht. Lass so etwas besser in Zukunft, denn damit machst du echt manche Menschen sauer. Aber ich will mal nicht so sein, ich nehme deine Entschuldigung an."

Ich schaue verblüfft zu Maximilian. Er reicht mir ebenfalls die Hand und zieht mich leicht über die Theke, um mich zu umarmen und mir auf die Schulter zu klopfen.

Mir fällt ein Stein vom Herzen und augenblicklich verbessert sich auch mein Bauchgefühl. Sogar normale Gesichtsfarbe kommt wohl zurück.

Maximilian wird in dem Moment von seinem Chef gerufen und ich bekomme nur mit, dass ein Kollege erkrankt ist. Maximilian soll die nächsten Tage springen und auch früher anfangen, sodass er dann die Vorbereitungen macht, und die Reste vom Vorabend wegspült. Mina und ich werden Zeugen. Maximilian ist verärgert über die Extraschichten und schimpft ziemlich laut.

„Na, toll. Und mein Studium mache ich im Schlaf, oder wie? Besorge bitte schnellstmöglich Ersatz, denn das halte ich nicht auf Dauer aus!"

Er kommt wieder zu uns, um sich zu verabschieden und will gerade zur Erklärung ansetzen, als Mina einen Geistesblitz hat.

„Ihr sucht doch Hilfe, oder? Was ist mit Tom? Der sucht ganz dringend einen Job!"

Maximilian schaut zwischen Mina und mir hin und her. Dann fängt er an zu grinsen und verschwindet hinter der Theke. Fast fünf Minuten später rennt er mir in die Arme und reicht mir eine Schürze.

„Bitte, die gehört jetzt erst mal dir. Vorausgesetzt, du möchtest?"

„Äh, ja! Ich möchte.

Ich kann das gerade nicht fassen. Träume ich oder habe ich einen Job? Kneif mich mal bitte!" Maximilian kneift mich und ich schreie laut auf.

„Autsch!" Mit einem kleinen Hechtsprung umarme ich Maximilian.

„Ist gut, kannst du mich bitte loslassen! Ich bekomme keine Luft mehr."

„Danke, danke, danke. Mir fallen keine Worte ein. Du rettest mir meinen Hintern. Mina, dir möchte ich auch für deine Ideen und Hilfe danken! Komm her, lass dich drücken!" Ich habe es kaum ausgesprochen, da ziehe ich Mina an mich. Augenblicklich entspanne ich mich mit ihr in meinen Armen. Auch sie scheint es zu genießen, denn Mina lässt genauso nicht sofort wieder los.

„Boar, jetzt ist aber gut. Die Arbeit ruft für dich!", stört Maximilian unsere Idylle.

Ich löse die Umarmung und sehe Mina in die Augen. Irgendwie ist da ein vertrautes Gefühl.

„Danke." Während ich mich auf den Weg hinter die Theke mache mit Maximilian drehe ich mich noch mal kurz zu Mina um und puste ihr einen Luftkuss entgegen. Augenblicklich werde ich rot. Mina grinst und ruft mir noch was zu.

„Weißt du, wie du nach Hause kommst? Ach, vergiss es. Max kann dich mitnehmen. Viel Erfolg!" Und plötzlich pustet sie mir ebenfalls einen Luftkuss entgegen. Ich kann es kaum fassen, und meine Freude darüber verrät mein strahlendes Gesicht von einem Ohr zum anderen wie ein Honigkuchenpferd.

4

Plötzlich?

Die erste Nacht war anstrengend, aber auch cool. Die Musik ist zwar nicht mein Geschmack und genau das Gegenteil von dem, was ich sonst Rockiges höre, aber man kann sich daran gewöhnen, solange nicht die ganze Zeit Schlager gespielt wird.

Maximilian und ich sind um fünf Uhr morgens nach Hause gekommen. Zum Glück ist heute Sonntag, denn da hat die Disco geschlossen. Trotz allem gibt es immer etwas zu tun für die geplanten Events. Heute nehme ich mir erneut vor, meinen Vater anzurufen und ihn zu fragen, wie es ihm geht. Natürlich möchte ich mich entschuldigen und einladen, dass er mich besucht. Ich möchte ihm mein Zimmer zeigen und die netten Mitbewohner vorstellen, ihm erklären, dass er sich keine Sorgen um mich machen muss. Besonders oft denke ich an Mina. Sie geht mir einfach nicht mehr aus dem Kopf. Ich bin ihr dankbar für ihre Hilfe. Ich denke gerne an ihr Lächeln, aber auch an ihr erschwertes Leben mit der Hauterkrankung. Sie muss auf vieles achten. Ich bin froh und dankbar, gesund zu sein. Na ja, gut etwas abnehmen könnte ich, denn mein Bauch ist nicht gerade ein Sixpack, sondern eher ein Teddybär.

Meine Gedanken kreisen. Meine Überlegungen drehen sich darum, wie ich am besten abnehmen kann bis hin zur Hilfe für Mina. Ich lasse mir etwas einfallen in Zukunft. Nun nehme ich erst mal mein Handy zur Hand und wähle die Nummer von meinem alten Herrn. Es klingelt und klingelt, aber niemand hebt ab. Mensch wie kann man nur so ein Sturkopf sein, ärgere ich mich. Ich möchte mich doch entschuldigen. Vielleicht sollte ich mich lieber auf dem Weg zu meinem Vater machen. Ach nein, das geht ja gar nicht. Ich habe kein Geld für den Tank. Das muss warten bis nächstes Wochenende. Gut, wenn er meint er möchte mit dem Kopf durch die Wand, dann ist es halt so.

Meine Gedanken wandern zu Mina und ihrer Situation, ihrem Leben. Wie kann ich ihr helfen? Da kommt mir plötzlich eine Idee. Ich werde einfach versuchen, öfter für sie zu kochen. Somit hat sie den Stress aus den Füßen. Ich bin ohnehin immer einer der Ersten zu Hause. Und damit fange ich gleich an. Den Vorsatz, mit dem Kochen in die Tat umzusetzen, ist allerdings gar nicht so einfach, da ich nicht einkaufen kann wegen des Geldes, aber es wird sich bestimmt etwas im Kühlschrank finden. Fangen wir an. Da ich das Frühstück verschlafen habe, knurrt nämlich mein Magen und es ist sowieso schon fast Mittagszeit. Das Gefrierfach bietet mir Kroketten und Tiefkühlgemüse. Okay lieber Vollkornnudeln, die sind gesünder. Was mache ich nur für eine Soße? Shit, so einfach ist es doch nicht. Ich muss gestehen, auch da bräuchte ich noch etwas Nachhilfe. Ich schaue noch mal in den Gefrierschrank, denn es kommt mir doch eine Idee. Ja, Gott sei Dank. Es sind noch Tiefkühlkräuter da. Damit kann ich eine Kräutersoße anrichten. Mmh, mir läuft jetzt schon das Wasser im Mund zusammen. Gut, es gibt kein Fleisch, aber es ist ein gesundes Essen und vor allem ein schnelles. Und das steht für mich momentan im Vordergrund, denn mein Bauch gibt keine Ruhe mehr. Ich decke den Tisch, danach suche ich noch Servietten und eine Kerze. Schon rufe ich meine Mitbewohner zum Essen. Einer nach dem anderen kommt an den Esstisch und alle wundern sich.

„Oh, was ist das denn? Versuchst du dich endlich zu integrieren bei uns? Wurde ja auch Zeit. Hoffentlich schmeckt es auch." Das ist ja wieder typisch für Amely. Die kann sich aber auch niemals freuen. Was ist nur los mit ihr frage ich mich.

Maximilian kommt als Zweites an den Tisch.

„Das sieht lecker aus. Danke."

„Hier riecht es echt gut", höre ich um die Ecke von Mina. Als sie mich am Herd sieht, schaut sie sehr überrascht.

„Du kochst? Finde ich gut", sie zeigt mir den Daumen nach oben. Wir sitzen alle gemeinsam am Tisch, als mir die Kerze wieder einfällt. Ich stehe auf und gehe in mein Zimmer um Streichhölzer zu suchen. Kurz darauf komme ich zurück an den Esstisch und entzünde die Kerze. Maximilian und auch Mina sind über diese Handlung erneut überrascht und freuen sich anscheinend, denn ein kleines Lächeln zeigt sich auf ihren Lippen.

Nur Amely meint, wieder einen Kommentar loslassen zu müssen.

„Was soll das denn? Wir haben Sommer und du meinst eine Kerze anzünden zu müssen. Boar! Echt, das kann nicht wahr sein!" Sie steht mit ihrem Teller auf und geht ohne ein weiteres Wort in ihr Zimmer.

„Was ist denn jetzt schon wieder?", frage ich in die übrig gebliebene Runde.

Mina antwortet zuerst.

„Vielleicht ist sie nicht gut drauf. Es scheint ihr zu warm zu sein. Mach dir nichts draus. Das wird schon irgendwann mit euch zwei."

„Vielleicht ist sie sauer auf dich, so wie ich es war. Haha", lacht Maximilian mich an und klopft mir auf die Schulter.

„Ach, wisst ihr, wenn das so weiter geht, dann werde ich versuchen ihr aus dem Weg zu gehen. Ich habe es nur gut gemeint mit dem Kochen und auch der Kerze. Bei uns war es immer so zu Hause, dass wir sonntags beim Essen eine Kerze angezündet haben. Eigentlich weiß ich gar nicht warum wir das gemacht haben."

Kaum habe ich diesen Satz ausgesprochen, schon kommt mir eine Idee, warum wir das getan hatten. Das hat mein Vater bestimmt damals angefangen, als meine Mutter verstorben ist. Ich scheine ein trauriges Gesicht zu machen, denn Maximilian spricht mich an:

„Was denkst du gerade? Du siehst so traurig aus?"

„Ja, ich habe nur über meine Mutter nachgedacht. Mir ist bewusst geworden, dass ich zu wenig von ihr weiß."

Mein alter Herr hat nie viel über meine Mutter gesprochen. Ich vermute, weil es ihm zu weh tut. Sie fehlt mir nach wie vor und ich möchte einfach mehr über meine Mutter wissen. Nur mein Vater geht momentan nicht ans Telefon. Ich habe es schon mehrere Male versucht. Er ist ein Sturkopf. Aber ich bin auch ein Idiot. Ich muss mich bei ihm entschuldigen. Den Schritt weg von zu Hause zu gehen, habe ich ohne ein Wort zu meinem Vater einfach durchgezogen. Das hat er nicht verdient. Er war immer für mich da und hat mich unterstützt.

Verdammt ich habe es versaut." Mein Kopf senkt sich, weil mir bewusst wird wie ernst es wirklich ist. Nun schaltet Mina sich ein.

„Mensch Tom, du bist aber auch echt … Wie sage ich das jetzt … ungeschickt mit Menschen." Mina verzieht leicht das Gesicht. Sie weiß auch nicht wirklich, es richtig zu betiteln.

„Da müssen wir dran arbeiten, mein Freund", sagt Maximilian dazu.

„Es ist echt toll, so gute Freunde zu haben. Ich wusste eigentlich nicht, dass ich es mir so schwertue mit Menschen umzugehen."

„Wie, du wusstest es nicht?", fragt Maximilian erneut nach.

„Ja, wisst ihr. In meinem alten Leben, da habe ich nur gezockt, mich in meinem Zimmer barrikadiert und nur die Vereinbarungen mit meinem Vater und der Uni durchgezogen. Das ist überhaupt ein Wunder, dass ich jemals einen Freund daraus gewonnen habe. Deswegen scheine ich nicht gut mit Menschen umgehen zu können."

„Okay, das ist echt krass. Jahrelang nur in deinem Zimmer und der einzige Weg von zu Hause zur Uni und zurück und vielleicht mal einkaufen. Das wird sich jetzt durch den Job und uns ändern. Mir fällt auch schon etwas ein."

5

Menschen sind nicht einfach

Maximilian scheint schon einen Plan zu haben, wie ich mehr mit Menschen zusammenkomme. Hoffentlich ist es nichts Peinliches. Na ja, jetzt neue Woche neues Glück. Die Räume der Uni erreiche ich mittlerweile pünktlich und ich meine mich gut auszukennen an der Hochschule. Trotz allem sind mir manche Dozenten noch skurril von der Art und Weise, wie sie den Vortrag halten. Das wird aber bestimmt daran liegen, dass ich mich in Köln befinde und die Menschen hier einfach lockerer und lustiger sind, als ich es gewohnt bin. Immer wieder fallen Worte, die mir nicht bekannt sind. Das macht es leider auch schwieriger, denn meine Reaktionen darauf sind anscheinend nicht so gut. Erst letztens hat mich mein Sitznachbar

‚*du Pappnase*' genannt. Und ich reagierte beleidigt darauf, weil ich dachte, es ist auch so gemeint. Dabei ist es nur eine Redensart für jemanden, der absolut nix kapiert beziehungsweise nix versteht. Und das war in diesem Fall leider auch so. Ich habe bei dem Vortrag nix verstanden und immer wieder bei ihm nachgefragt. Und das war die Reaktion darauf. Immer wieder falle ich in solche Fallgruben. Ich hoffe, dass sich das bald ändert. Bin echt gespannt, was Maximilian sich einfallen lässt. Ich frage ihn nachher mal direkt. Ob er es auch schafft, dass ich Amely besser verstehe. Was sie für ein Problem mit mir hat, begreife ich einfach nicht. Sie hat an allem etwas auszusetzen. Wenn ich nur wüsste, warum? Es fällt mir nicht leicht, mich zu integrieren, da kaum jemand auf mich zukommt. Wobei Maximilian und auch Mina alles versuchen, mir zu helfen. Also kaum jemand stimmt dann nicht so ganz. Ich bin sehr froh, die beiden kennengelernt zu haben.

Nachdem mein Unitag vorbei ist, fahre ich mit der Bahn nach Hause und stürme direkt zu Maximilians Zimmertür. Ich bin so neugierig, was er vor hat.

Ich klopfe und höre ein „Herein!"

„Hi, wie war dein Tag heute? Zog der sich auch wie Kaugummi?"

„Hi, ja, ganz gut. Und du? Bist du mal wieder an die Front geraten?"

„Nein, heute bis dato noch nicht. Aber wo wir das Thema schon mal haben. Was hast du eigentlich so vor mit mir?"

„Ich würde gerne heute Abend eine Spielerunde starten. Da könntest du vielleicht das ein oder andere über uns erfahren. Und damit sollten wir auch anfangen. Denn deine Probleme sind ja nicht nur außerhalb der WG."

„Da hast du wohl recht. Okay, ich bin gespannt. Wann wolltest du starten? Vielleicht im Anschluss nach dem Essen im Wohnzimmer?"

„Ja, das habe ich mir so gedacht. Heute bin ich mit Essen kochen dran. Dies werde ich für 19 Uhr fertig haben."

„Gut, dann weiß ich Bescheid. Wenn du Hilfe brauchst beim Essenmachen, gib mir ein Zeichen."

„Hey, was ist denn jetzt plötzlich los mit dir?"

„Wieso? Ich versuche einfach nur behilflich zu sein."

„Das ist ein guter Ansatz, den solltest du beibehalten. Nur ein Tipp von mir."

„Danke Max. Das habe ich mir ernsthaft vorgenommen." Anschließend verkrümele ich mich in mein einfach gestricktes Zimmer und lerne, bis ich mit Maximilian in der Küche stehe und ihm bei den Vorbereitungen für das Essen helfe. Es dauerte auch nicht lange, da waren alle Bewohner zu Hause und warten auf das fertige Essen. Amely schaut nur in die Töpfe und ist schon auf dem Weg zu ihrem Zimmer, als Maximilian ihr hinterherruft,

„Amely, wir möchten gerne heute Abend ein Spieleabend mit allen Bewohnern machen, das ist für Tom sehr wichtig. Bist du dabei?"

„Wenn es unbedingt sein muss! Dann bis gleich zum Essen." Sie knallt die Tür hinter sich zu.

Mina hört es gerade mit und wundert sich ein wenig über die Aussage von Amely.

„Was ist mit Amely los? Sie spielt doch sonst so gerne mit uns?", fragt sie Maximilian.

„Ja, das stimmt allerdings. Wir müssen herausfinden, was mit ihr ist. Sie benimmt sich neuerdings komisch. Es scheint etwas mit Tom zu tun zu haben."

„Ja, das denke ich auch. Aber andersherum denke ich, was habe ich ihr getan? Wir haben uns nicht mal wirklich kennengelernt. Und jedes Mal kommen Sprüche und Bemerkungen von ihr. Egal, ich möchte heute mit dem Spiel von Maximilian genau so etwas ändern."

„Mina, könntest du den Tisch vielleicht decken?", fragt Maximilian.

„Klar. Ist das Essen schon soweit?"

„Fast fertig!"

Mina ruft noch Amely dazu.

Ich trage die Pfanne an den Tisch. Plötzlich bricht der Griff ab und der Pfannentopf fällt zu Boden. Das Essen verteilt sich in alle Richtungen. Mina und Amely sitzen am Tisch, halten den Atem an und schauen Maximilian und mich mit großen Augen an.

Aus meinem Mund kommt nur:
„Shit!", und dann lachen alle.

Mit leerem Bauch machen es sich alle bequem im Wohnzimmer. Auf dem Couchtisch stehen allerhand Süßigkeiten, für alle etwas dabei. Es gibt Nüsse, Gummibärli, Schoki und auch Chips. Alle grapschen in die Schalen vor lauter Hunger. Mina und ich greifen immer in die gleiche Schale. Es sind die Bärlis. Dabei stoßen unsere Hände nun zum zweiten Mal aneinander und unsere Blicke treffen sich. So langsam verstehe ich meine Gefühle. Ich bin verliebt. Deswegen meine Gedanken und das alles. Mina schaut nur nach den roten Bärlis. Mir ist egal, welche Farbe ich verdrücke, Hauptsache, es schmeckt.

Wir möchten schon mal die Spielerunde beginnen, während wir auf den Pizzaboten warten. Nicht alle passen auf das bequeme Sofa. Aber es gibt tolle runde Sitzkissen und Wolldecken, die den Raum Gemütlichkeit verleihen. Maximilian steht auf und beginnt mit der Erklärung des Spieles. Eigentlich kennt es jeder. ‚*Flaschendrehen*'. Er holt noch eine leere Weinflasche, die die Mädels anscheinend am Wochenende getrunken haben und schon kann es losgehen. Es gibt klare Regeln. Es soll ein Kennenlernspiel sein, um den einzelnen Bewohner besser einschätzen zu können und auch dessen Lebensweg zu verstehen.

Maximilian beginnt die erste Runde. Es zeigt auf Amely.

„Amely, du bist dran. Wahl, Wahrheit oder Pflicht?"

„Boar, warum muss ich anfangen? Ok, ich nehme Wahl."

„Entweder du gibst Tom deine Hand, schaust ihn bewusst an und begrüßt ihn oder du machst 30 Liegestütze!"

„Was? Hast du sie noch alle? Die 30 Liegestütze schaffe ich nicht. Wenn überhaupt nur 10. Du weißt doch, dass ich nicht gerade die Sportlichste bin."

„Ja, das weiß ich. Es ist deine Entscheidung!"

„Okay." Amely steht vom Sofa auf und geht auf mich zu. Ich stehe auf, um auf ihre Höhe zu gelangen.

Sie reicht mir die Hand und sagt:

„Hallo Tom, schön, dich kennenzulernen."

Dabei schaut Amely mir nicht dauerhaft in die Augen.

„Hallo Amely freut mich, dass du mich kennenlernen möchtest." Ich schaue ihr die ganze Zeit in die Augen, um herauszufinden, wie ihre Stimmung ist. Amely setzt sich wieder und beginnt die Flasche zu drehen. Diesmal zeigt der Flaschenhals auf Maximilian.

„Maximilian, was nimmst du?", fragt Amely ihn.

„Ich nehme die Wahrheit!"

„Okay. Hast du schon mal eine feste Freundin gehabt?"

„Ja, bevor ich mit dem Kellnern angefangen habe vor circa zwei Jahren. Momentan habe ich keine Zeit für eine Freundin. Das Studium und der Job sind stressig genug."

Maximilian dreht und es zeigt auf mich.

„Pflicht!"

„Nun, ob du da das Richtige gewählt hast, wirst du sehen", grinste Maximilian mich an.

Warum grinst der so, denke ich mir.

„Du spielst mit Amely zusammen Pantomime. Ich gebe euch ein Begriff und ihr beide zusammen müsst uns diesen zeigen, ohne ein Wort zu sagen. Zusammenarbeit ist gefragt. Ich gebe euch noch zwei Minuten, um euch zu bequatschen."

Ah, da weht der Wind. Er möchte mich näher an Amely bringen und glaubt, es ist nicht so einfach mit ihr zu spielen. Aber es läuft doch richtig gut mit Amely. Sie bockt nicht mehr so herum und scheint auch Spaß am Spiel zu haben. Nach dieser Runde klingelt es schon.

„Der Pizzabote ist da. Ich habe jetzt auch Hunger!", verkündete Mina. Wir haben alle schon viel gelacht und auch das eine oder andere übereinander erfahren. Das ist echt spannend. Die Bäuche sind nun voll, aber Lust zum Spielen hat nun auch keiner mehr. Wir beschließen noch einen Absacker zu trinken und uns dann langsam in unsere Zimmer zurückzuziehen. Amely äußert sich zu dem Abend, dass sie es echt nett findet, wie ich sie behandle. Diesen Satz habe ich nicht ganz verstanden. Was glaubt sie denn?

„Was meinst du denn damit?"

„Ja, ich war in der Vergangenheit nicht so nett zu dir. Und es wäre verständlich, wenn du mich nicht mögen würdest." Amely senkt den Kopf und fummelt an ihren Fingernägeln herum.

„Ich habe keinen Grund dafür. Wir hatten vielleicht in der Vergangenheit ein wenig Startprobleme, aber ich hoffe, dass es besser wird. Wir müssen ja nicht gleich heiraten!" Maximilian und auch Mina drehen ihre Gesichter zu mir mit offenem Mund.

Amelys Reaktion zeigt eine Art Schockzustand zum Wort Heirat. Daraufhin rennt sie sofort in ihr Zimmer, ohne ein Wort zu sagen und lässt mich ahnungslos im Wohnzimmer stehen. Ich weiß schon wieder nicht, was ich Falsches gesagt haben muss, warum Amely so reagiert. Es fängt doch gerade erst an, besser zu laufen. Verdammt!

Mina kommt zu mir, um mich ein Stück weit aufzuklären. Maximilian räumt den Rest auf.

„Amely wurde von Ihrem Freund Alexander sitzen gelassen. Beide schmiedeten Heiratspläne.

Sie passten gut zusammen, denn sie liebten beide stylishe Mode und wirkten sehr glücklich. Kurz vor der Hochzeit bekam er kalte Füße und verschwand von einen auf den anderen Tag. Dieses Desaster hat Amely bis heute nicht verkraftet. Sie ist in ein tiefes Loch gefallen. Und seitdem auch nicht mehr die alte Amely. Sie war früher lebensfroh, lustig und spontan. Heute ist sie eher traurig gestimmt und lustlos. Spontanität liegt ihr auch nicht mehr."

„Seitdem hat sie keinen Freund mehr gehabt?"

„Nein. So weit ist sie noch nicht. Sie braucht ewig, um jemanden zu vertrauen. Deswegen mach dir kein Kopf. Irgendwann wird Amely sich dir gegenüber mehr öffnen, wenn sie für sich entschieden hat, dir vertrauen zu können.

„Okay, deswegen also die Reaktion von eben. Mina, ich kann das ja nicht wissen, was ihr in der Vergangenheit erlebt habt. Es ist schwierig für mich, nicht in irgendein neues Fettnäpfchen zu treten."

„Ja stimmt. Umso mehr Menschen miteinander auskommen müssen, desto schwieriger ist es auch."

„Können wir über etwas anderes sprechen? Hast du Lust, nächstes Wochenende mit mir in das Schokoladenmuseum zu gehen? Ich möchte mich bei dir bedanken, für alles, was du schon für mich getan hast. Wie gesagt, ich lade dich ein!"

„Super gerne, aber ich kann nicht. Ich habe nächste Woche meine Abschlussprüfungen und muss jetzt richtig ranklotzen mit dem Lernen. Wir holen es nach versprochen." Mina legt mir ihre Hand auf die Schulter, wahrscheinlich als Zeichen des Trostes.

„Kein Problem, ich verstehe das. Ich bin selbst mal irgendwann an diesem Punkt. Wenn ich dir irgendwie helfen kann, gib mir einfach Bescheid."

„Das mache ich. So und jetzt gehe ich schnell ins Bett. Ich brauche meinen Schönheitsschlaf." Mina steht vom Tisch auf und kommt auf mich zu, umarmt mich und flüstert mir ein Gute Nacht ins Ohr. Meine Nackenhaare stellen sich auf. Sie bewegt etwas in mir. Für einen kurzen Augenblick verschwindet die Welt um mich.

Ich flüstere ihr zurück.

„Den hast du nicht nötig", hauche ihr ein kleines Küsschen auf die Wange und sage dann schließlich noch: „Gute Nacht, Mina."

Wir lösen unsere Umarmung und schauen uns noch einen kleinen Moment an, dann dreht sie sich um und geht in ihr Zimmer. Oh Gott, was habe ich getan! Hoffentlich war das jetzt nicht zu viel. Mein Puls rast, mir wird heiß. Es fühlt sich richtig an, so mit ihr umzugehen … denke ich zumindest, bis Maximilian mich aus meinen tollen Gedanken reißt.

„Was war das denn? Was läuft da zwischen euch? Und jetzt komm mir nicht mit gar nichts." Ich grinse Maximilian nur an und zucke mit den Schultern.

„Gute Nacht, Max. Du musst nicht alles wissen."

Mit diesen Worten lasse ich Maximilian im Wohnzimmer stehen.

„Gute Nacht!", ruft er mir noch hinterher.

Im Zimmer angekommen, lege ich mich sofort ins Bett. Meine Gedanken schweifen zu dem schönen Abend. Es ist schon heftig, was Amely so erlebt hat. Ich werde versuchen, solche Themen in Zukunft zu lassen. Aber am meisten hat mir die Verabschiedung von Mina gefallen. Es fühlt sich so toll an. Ob Mina auch so empfindet wie ich? Die nächsten Tage verfliegen im Nu. Jeder macht sein Ding, was halt nötig ist. Der Briefbote klingelt und bringt mir ein Einschreiben. Den Brief lege ich erst mal auf die Kommode und vergesse diesen prompt aufzumachen, denn meine Gedanken sind nach wie vor bei Mina. Ich helfe ihr mit dem Kochen und etwas mehr Ordnung meinerseits mit dem Geschirr. Früher habe ich das nur in die Spüle gestellt, jetzt verstehe ich, dass es doppelte Arbeit ist. Der Donnerstag ist für alle ein guter Abend, um Zeit miteinander zu verbringen. Maximilian und ich müssen erst freitags arbeiten und die Mädels haben auch früher Feierabend. Und so kommt es, dass Maximilian uns alle zusammentrommelt und wir diesmal die Wohnung verlassen, um uns besser kennenzulernen. Ich bin gespannt, was er sich jetzt hat einfallen lassen. Im Hinterhof von unserem Wohnhaus stehen wir alle zusammen im Kreis. Dort parkt mein grüner Käfer noch. Mist, den muss ich mal umsetzen auf einen Parkplatz. Maximilian fängt an, uns in Teams zu verteilen. Keiner weiß so recht, was er gerade vor hat. Wir schauen uns alle gegenseitig an und zucken dabei die Schultern. Dann verrät er uns, dass wir ein weiteres Spiel starten. Das Ende kann man nicht genau festlegen. Es kommt darauf an, wie es läuft, erklärt uns Maximilian.

„Also wir spielen ‚Schnitzeljagd'! Nur etwas anders. Wir haben zwei Teams. Nach den ersten zwei gelösten Zielen möchte ich die Teams neu mischen, sodass wir am Ende des Tages alle miteinander gespielt haben. Somit gibt es sechs Ziele. Ob wir alle erreichen, liegt ganz allein an unserer Zusammenarbeit. Deswegen ist Gezicke hier fehl am Platz. Ich hoffe nur, dass ich es alles gut durchdacht habe. So, starten wir? Habt ihr noch Fragen?"

„Ja, ich kenne mich ja hier noch nicht so aus. Das heißt, ich muss meinem Spielpartner vertrauen. Was ist aber, wenn ich jemanden verliere? Ich habe nicht alle Nummern von euch.

„Na ja, Tom, wenn ihr nicht als Team an dem Treffpunkt kommt, den wir alle vier haben, um den Partner zu wechseln, würde ich anrufen. Deshalb solltet ihr alle eure Handys mithaben! Ja, dass du nicht alles hier kennst, ist mir klar. Deswegen auch dieses Spiel, damit du gleichzeitig die Umgebung besser kennenlernst."

„Ah, okay. Verstanden. Bin zwar sehr unsicher, ob das so klappen kann, aber das werden wir ja merken."

„Ich gebe euch jetzt euren ersten Umschlag mit der ersten Aufgabe. Auch die Zeit gebe ich im Groben vor, sonst muss das andere Team einfach zu lange warten. Also nimmt Geld mit, falls ihr die Bahn verpasst! Los geht's!"

Ich und Amely lesen als Erstes die Aufgabe.

„Zählt alle Parkbänke im Pyramidenpark!"

„Oh Gott, das sind so viele", platzt Amely heraus. „Wir müssen erst mal zur Bahn und da schauen wir, mit welcher Bahn wir dahin kommen. Wie viel Zeit hat Max uns vorgegeben?"

„Für beide Aufgaben haben wir 90 Minuten Zeit. Ich weiß nicht, ist das nicht zu wenig Zeit? Ich glaube, das schaffen wir nicht", antwortet Tom sehr skeptisch.

„Papperlapapp! Lass mich nur machen. Ich kenne mich hier gut aus. Wir brauchen nur etwas Glück mit den Bahnen."

So machen wir uns auf dem Weg zur Bahnstation. Und kaum angekommen fährt gerade eine Bahn in die Haltestelle. Amely macht keine Anstalten, sich zu beeilen und sagt mir auch nicht, ob wir mit dieser Bahn fahren können. Ich gehe zum Fahrerhaus und mache auf mich aufmerksam, indem ich dem Fahrer wild winke.

„Entschuldigung, ich bin hier erst neu hingezogen und ich muss zum Pyramidenpark. Fahren Sie da zufällig hin?", frage ich nach.

„Da haben Sie Glück. Ja, steigen Sie ein. Es sind zwar einige Stationen, aber dann können Sie sich auch etwas umschauen", zwinkert mir der Fahrer zu.

„Amely! Steig ein!"

In der Mitte der Bahn treffen wir aufeinander und ich suche nach einen Haltestellenplan.

„Gefunden! Wir müssen in sechs Stationen aussteigen. Komm, wir setzen uns."

„Das hast du gut hinbekommen. Ich wollte wissen, wie du mit dieser Situation allein umgehst."

„Danke", antworte ich nur kurz und empfinde so etwas wie Stolz.

6

Alles ändert sich

Im Park angekommen, bin ich wirklich baff. Der ist gar nicht so klein. Amely hat recht. Diese Dimensionen bin ich von meinem kleinen Dorf nicht gewohnt. Ich weiß nicht mal, ob wir überhaupt einen Park hatten. Dieser hier ist echt schön und weitläufig.

„Okay, Tom, lass uns los. Die Zeit läuft."

Als wir Bank für Bank abzählten, fiel uns ein, dass wir noch gar nicht wissen, wie es weiter gehen soll? Also lesen wir erst mal wieder den Brief. Und siehe da, ganz klein steht noch ein Hinweis drauf. Bei Jesus am Kreuz soll ein Zettel versteckt sein.

„Okay, da sind wir noch nicht. Also weiterzählen!"

Am Kreuz angekommen, suchen wir den weiteren Hinweis.

„Amely, ich glaube, ich habe etwas!"

Amely eilt herbei. Der Zettel steckt unter einem Busch in einer Tüte. Ich zeige ihn ihr und ein Bierdeckel ist auch dabei.

„Was soll der denn bedeuten?", fragt Amely mich.

„Ich weiß nicht. Aber das finden wir gleich heraus."

Ich beginne laut zu lesen.

„Lieber Tom und liebe Amely. Bis hier seid ihr schon mal gekommen. Ich hoffe, ihr behaltet die Uhr im Sinn! Eure nächste Aufgabe heißt:

‚Sammelt fünf verschiedene Bierdeckel aus fünf Bars oder Restaurants. Wir treffen uns dann im Rock Café. Da würde ich vorschlagen, dass wir erstmal alle zusammen etwas leckeres Essen und uns stärken für die nächsten Aufgaben'.

„Okay, da freue ich mich jetzt schon darauf."

„Ich auch. Sag mal, Tom, bist du gläubig?"

„Wie kommst du jetzt auf so ein Thema?"

„Ja wegen *Jesus'* hier", Amely zeigt mit dem Zeigefinger darauf.

„Nee, eigentlich nicht. Wenn es wirklich einen Gott gibt, dann gäbe es nicht so viel Unheil auf der Welt. Aber weißt du, es gibt Tage, da denke ich doch daran. Ich glaube, es ist situationsbedingt. Und du?"

„Ich überhaupt nicht. Auch nicht in manchen Situationen. Aber manchmal glaube ich an Schicksal. Es gibt Momente, wie wenn ich unaufmerksam über die Straße gehe und plötzlich kommt ein Auto. Und irgendjemand achtet dann auf mich und rettet mich vor einem Aufprall."

„Ah, ich verstehe, was du meinst. So etwas wie ein Schutzengel, der über dich wacht."

„Ja, genau so etwas meine ich. Hast du auch solche Erfahrungen gemacht?"

„Ja, als ich Jugendlicher war. Ich bin mit meinem Mountainbike gefahren, na ja eigentlich gerast. Und ich habe gesehen, dass die Ampel auf Grün gesprungen ist. Also habe ich mich beeilt, um noch die Ampel zu erwischen. Zum Glück habe ich bremsen müssen, weil ein Ball angerollt ist von einem Jungen, der gespielt hat. Kurz darauf raste ein Kleintransporter über die rote Ampel. Ob dieser mich erwischt hätte, kann man nicht genau sagen, aber das war eine Situation, die ich erst mal verkraften musste. Nach diesem Vorfall bin ich nie wieder schnell mit dem Fahrrad gefahren, geschweige denn unachtsam über eine Straße gegangen. So und jetzt genug geredet über Zufälle und Gott, wir müssen weiter!"

„Ja stimmt. Ich war gerade vertieft in dem Gespräch. Lass uns beeilen und die letzten Bänke zu zählen!"

Kurz darauf sind wir schon in der ersten Bar. In der Bar ‚Lommerzheim', die sich relativ nah am Pyramidenpark befindet, versuchen wir unser Glück, einen Bierdeckel zu ergattern. Kurz darauf sitzen wir schon wieder in der Bahn 1, um über den Rhein zu fahren, denn drüben tobt mehr der Bär.

Am ‚Heumarkt' ausgestiegen, stolzieren wir auf dem direkten Weg in die erste ‚Brauerei zur Malzmühle'. Und danach ist es einfach. Wir schlendern am Rheinufer und dort kommt eine Kneipe nach dem Nächsten. Der Blick auf die Uhr verrät uns, dass wir kaum noch Zeit haben. Also rennen wir zurück, um pünktlich im ‚Hardrock Café' anzukommen. Dort treffen wir Maximilian und Mina. Sie warten schon auf uns. Wir beschlossen nur eine Kleinigkeit zu essen und überprüfen die Erreichung der Ziele beider Teams. Ich schweife vom Gespräch ab. Das Café ist genau mein Geschmack. Überall hängen Vitrinen mit imposanten ausgefallenen Lederjacken, Mäntel und Westen bekannter Rockstars. Es sind welche von Beatles, Rolling Stones sowie Elvis Habseligkeiten zu sehen. Fast alle erfolgreichen Bands haben auch eine Gitarre mit Unterschrift hier hängen. Es ist schön in Szene gesetzt durch Anflutung mit warmem Licht. Ansonsten ist es hier eher dunkel eingerichtet. Die Decke ist schwarz und die Wände in beige gestrichen. Die Möbel in schwarzem Holz und die Stühle mit dunkelrotem Leder überzogen. Ein riesiger Tresen und an den Wänden Spiegelregale mit Spirituosenflaschen. Überall hängen Fernseher an den Wänden verteilt und die Gäste werden mit rockigen Musikvideos unterhalten. Die Speisekarte ist auch typisch amerikanisch. Es gibt Burger, Salate und Cocktails und zum Nachtisch New York Cheesecake. Meine Begeisterung für das Rock Café wird von Maximilians Worten unterbrochen.

„Und ihr Amely und Tom?" Bevor ich antworten kann, tut es Amely schon.

„Es hat geklappt! Die Sammlung der Bierdeckel war zwar nicht so einfach, denn heutzutage gibt es kaum noch Kneipen beziehungsweise Bars mit Deckeln, aber wir haben gut zusammen als Team gearbeitet. Die Zeit ist uns sehr schnell weggelaufen. Die hast du viel zu knapp berechnet Maximilian!"

Amely schaut mich an und ein kleines Lächeln breitet sich aus. Ich zeige ihr nur den Daumen nach oben, als Geste.

Maximilian steht auf.

„Ich werde die Teams neu mischen. Tom ist jetzt mit mir unterwegs. Und ihr zwei Mädels geht jetzt zusammen."

Wir bezahlen unsere Bestellungen und gehen hinaus. Hier trennen sich erneut die Wege zwischen uns vier. Da Maximilian genau weiß, wie die Tour weitergeht, gibt er auch die Richtung vor. Er liest eine Aufgabe vor. Ich trotte hinterher und versuche die Aufgabe zu verstehen. Es hat etwas mit Frauen zu tun und ich soll mir schon mal überlegen, wie die sich so kleiden und aussehen. Und es wird noch ein Andenken geben. Ich verstehe nur Bahnhof und muss es wohl oder übel auf mich zukommen lassen. Es dauert nicht lange und wir stehen vor einem großen bunten Laden mit Kostümen. Wir werden Mädels ansprechen und mit ihnen Fotos machen. Das wird bestimmt die Aufgabe sein, denke ich mir.

Maximilian zieht mich in den Laden hinein. Er sucht nach einem Kostüm. Warum er das tut, verstehe ich nicht, denn Karneval ist noch lange hin. Als er sein Sammelsurium zusammen hat, drückt er mir das ganze Zeug in die Hände und meint:

„Gehe dich umziehen, Liebling!"

„Sag mal spinnst du? Das ist ja gar nicht meins."

„Mach, was ich dir sage und du wirst sehen, es wird ziemlich lustig." Wenn Blicke töten könnten, dann jetzt. Ich füge mich meinem Schicksal und gehe zu einer Kabine. Was Maximilian macht, weiß ich nicht. Ist mir auch egal. Fünfzehn Minuten später schaue ich nur mit dem Kopf aus der Kabine. Es ist so peinlich. Das kann er doch nicht mit mir machen. Es steht ein gut angezogener Mann vor mir.

„Max, bist du das etwa?"

„Ja, das bin ich. Und du kommst jetzt bitte ganz heraus!"

„Muss das sein? Das ist doch echt peinlich."

„Jetzt komm. Das wird lustig, du wirst schon sehen." Ich öffne den Vorhang und gehe zu Maximilian. Er zückt nur sein Handy und fotografiert mich.

„Boar, das ist nicht dein Ernst. Jetzt machst du auch noch Fotos von mir in diesem Aufzug? Das verzeihe ich dir nie!"

„Ich habe doch gesagt, es gibt noch ein Andenken."
Maximilian kringelt sich vor Lachen. Ich hingegen
finde es nicht lustig. Wir beide gehen zum großen
Spiegel und Maximilian drückt mich ganz fest an sich
wie ein Pärchen. Im Anschluss fotografiert er uns
mehrmals und ich merke, dass es gar nicht so
schlimm ist. Es ist eigentlich ganz lustig. Anscheinend
ist verkleiden eine Art von Veränderung zulassen.
Man kann in eine andere Rolle schlüpfen. Und man
wird auch nicht erkannt. Unser Verhalten in diesem
Kostüm wird nicht als kritisch angesehen, sondern als
lustig. Dies bemerke ich an einigen Zuschauern um
uns herum. Maximilian lässt aber auch nichts aus. Er
pfeift mich an und gibt mir einen Klaps auf den
Hintern. Ich kann echt als Frau durchgehen. Die
blonde Perücke nervt mich aber! Wir ziehen uns
wieder um, und ich bin neugierig, wie es weitergeht
in unserer Runde.

„Max, was hast du als Nächstes vor? Bitte erkläre es
mir vorher!"

„Wir gehen jetzt ins Fitnessstudio. Ich möchte
wissen, wie fit du bist."

„Was? Warum?"

„Das erkläre ich dir später, wenn wir angekommen
sind. Aber mal was anderes. Du und Mina - was ist da
zwischen euch?" Maximilian formt aus seinen
Händen ein Herz und zeigt es mir.

„Ach, ich weiß auch nicht so recht. Ich mag sie. Sie ist eine tolle und toughe Frau. Sie hat es wirklich nicht so leicht mit ihrer Krankheit. Und trotz allem ist sie so fröhlich und locker drauf. Sie muss auf vieles achten und führt ein eingeschränktes Leben. Ich bewundere sie. Warum fragst du?"

„Es ist mir beim letzten Spieleabend nicht entgangen, dass ihr euch nähergekommen seid. Meinst du, sie mag dich?"

„Ich hoffe, aber eigentlich merke ich es auch."

„Woran merkst du es?"

„Sie hält mich länger im Arm und hat auch keine Scheu, näher an mir heran zu rutschen beim Sitzen. Und sie interessiert sich für mein Leben." Ich merke, wie mir warm wird, wenn ich an Mina denke.

„Ja, das erwähnte Mina mir gegenüber auch. Sie strahlte regelrecht dabei. Ich glaube, Tom, das kann echt was werden zwischen euch."

„Wie? Du hast Mina gefragt, was sie von mir hält?", frage ich forschend und zugleich erschrocken.

„Klar, ich möchte ja wissen, was sie über dich denkt."

„Okay, und was hat sie über mich gesagt? Verrate es mir bitte!" Jetzt bin ich neugierig. Ich drehe mich zum Rückwärtslaufen um, damit ich Maximilian besser anschauen kann.

„Ja also. Sie mag dich. Sie findet dich toll. Deine Nähe ist ihr sehr angenehm."

„Oh, Max. Das hört sich ja prima an. Weißt du, wenn Mina in meiner Nähe ist, fühle ich mich total wohl. Sie bringt mich runter und nimmt mir meine Ängste. Ich bin gerne mit ihr zusammen. Es ist einfach schön mit ihr", schwärme ich Maximilian etwas vor und beschleunige das Reden vor lauter Aufgeregtheit.

Vor lauter Rückwärtslauferei bemerke ich nicht, dass wir schon am Fitnessstudio sind. Ich versuche mich aus meinen Gedanken mit Mina zu befreien und konzentriere mich auf die kommende Aufgabe, die mir Maximilian gerade erklärt.

Im Studio ziehe ich meine Straßenschuhe und meine Jeansjacke aus und gehe auf ein Fahrrad mit Socken. Dort beginne ich an zu strampeln. Maximilian beobachtet mich und drückt plötzlich einige Knöpfe an dem Fahrrad. Ich merke augenblicklich, dass es schwieriger wird zu strampeln.

„Du Blödmann. Warum tust du das?"

„Es macht Spaß, anderen beim Schwitzen zu zuschauen. Und denke daran, du musst noch ein Mädchen zum Flirten bekommen."

„Ja, das habe ich nicht vergessen!" Mein Blick wandert durch das Studio. Es sind nicht so viele Mädels hier. Ich bemerke aber, dass ein Mädchen mich anschaut. Das ist meine Chance. Ich grinse sie an und schaue dann erst mal weg. Mal schauen, wie Sie reagiert. Kurz darauf sehe ich sie wieder an und ihr Blick trifft meinen. Oh, sie scheint ernsthaft Interesse zu haben, obwohl ich Teddybär mit normalen Klamotten auf einem Fahrrad sitze und schwitze wie ein Schwein. Ich kann auch bald nicht mehr. Ich bin fertig.

„Max, ich kann nicht mehr. Kann ich was trinken? Bitte, das Mädchen da drüben scheint Interesse zu haben. Das ist doch die Chance für mich, ihr ein Getränk anzubieten!"

„Ja klar versuche dein Glück. Ich schaue in der Zwischenzeit mal, was das heiße Girl links in der Ecke so von mir hält." Mein Blick wandert zu dem Girl, und es ist nicht mein Geschmack. Blond und schlank wie Barbie. Ich gehe zur Bar, hole zwei isotonische Getränke und suche nach dem Mädchen. Es ist nicht mehr da. Mein Blick gleitet durch das Studio. Vergebens. Meine Schultern hängen schon durch, als mich jemand an der Schulter tippt. Ich drehe mich um und es ist das Mädchen mit den hübschen, lockigen braunen Haaren was mir auffiel. Sie hat eine Sporthose und ein Sportbustier in der gleichen Farbe an. Es passt zu ihr.

„Ist das Getränk für mich oder für deinen Kumpel?"

„Oh, hi. Äh, ja das war … ist für dich. Ich dachte, du wärst schon gegangen."

„Ja, das hatte ich kurz auch überlegt. Ich finde dich aber interessant und möchte doch wissen, warum du in normalen Klamotten dich so abschwitzt auf dem Fahrrad. Hast du deine Sportsachen vergessen?"

„Nein, das ist ein spontanes Probetraining hier."

„Ach so." Sie hält mir ihre Hand hin und stellt sich vor.

„Ich bin Marie. Und wer bist du?"

„Ich heiße Tom und bin erst vor Kurzem nach Köln gezogen."

„Cool, das ist bestimmt aufregend!"

„Wieso?"

„Du kommst nicht von hier. Du hörst dich so ländlich an."

„Das hört man raus? Witzig."

„Ja, ein wenig. Ich kenne mich damit etwas aus. Ich studiere Sprachwissenschaften. Und da beschäftige ich mich viel mit verschiedenen Sprachen und Akzenten."

„Wo studierst du denn?"

„Hier in Köln. An der Technischen Hochschule."

„Ne, das ist ja lustig. Ich auch.

Allerdings etwas anderes. Ich bin im zweiten Jahr und studiere Bioinformatik."

Wir stoßen an und trinken einen kleinen Schluck von unserem Getränk.

„Hast du Lust, dich mit mir mal zu treffen zum weiteren Austausch?"

„Ja gerne. Vielleicht sieht man sich demnächst auch an der TH."

„Gut, dann gebe ich dir meine Nummer und du rufst mich mal an?"

„So machen wir es. Danke für das Getränk. Und ich melde mich ganz bestimmt bei dir." Sie zwinkert mir noch zu und geht zu den Duschen. Maximilian kommt zurück und sieht mein Strahlen im Gesicht.

„Oh, das scheint ja gut gelaufen zu sein!"

„Ja allerdings. Marie ist echt nett und sie studiert auch an der TH. Was ein Zufall oder?"

„Ja. Und werdet ihr euch wiedersehen?"

„Bestimmt, auch wenn es nur an der Uni ist." Maximilian gibt mir meine Jacke und die Schuhe. Dann verlassen wir das Fitnessstudio.

„Vielleicht melde ich mich hier an."

„Echt jetzt?"

„Ja, warum nicht. Ich bin es leid, immer als Teddy gesehen zu werden."

„Das wirst du nicht. Aber finde ich cool, dann können wir ja zusammen trainieren. Ich bin hier angemeldet." Ganz in der Nähe vom Studio ist unser neuer Treffpunkt, und die Teams werden verändert. Diesmal kein großer Austausch, denn die Zeit scheint uns davonzulaufen. Mina und ich sind in der letzten

Runde zusammen. Wir sollen in eine Karaokebar gehen und ein bestimmtes Lied trällern. Singen ist eigentlich nicht meins, aber mit Mina werde ich das schon schaffen. Mina ist seltsam abwesend zu mir. Ich verstehe nicht, warum.

„Mina, ist alles in Ordnung?"

„Ja, was soll sein?"

„Das frage ich ja dich. Du rennst die ganze Zeit vor und möchtest dich anscheinend nicht mit mir unterhalten. Es kommt mir etwas komisch vor, denn wir zwei waren schon mal an einem anderen Punkt."

„Ja, an welchem denn?"

„Ich dachte, wir sind Freunde und konnten uns gut unterhalten. Was ist passiert?"

„Nichts!"

„Okay, dann lass uns das einfach noch hier durchziehen und schon hast du Ruhe vor mir!"

„Ja gute Idee." Ich verstehe die Welt nicht mehr. Was ist denn in sie gefahren? Vor ein paar Stunden war alles gut mit uns. Vielleicht habe ich mich in ihr getäuscht. Sie zu oft um Hilfe gebeten und damit eingeengt. In der Karaokebar angekommen, geht Mina direkt zur Bar und bestellt einen Tequila. Mein Abstand zu ihr ist nur drei Schritte entfernt, aber es kommt mir vor wie ein Kilometer. Ich bleibe stehen und beobachte sie lieber mit etwas Abstand. Sie kippt den Tequila herunter und stöhnt dabei.

„Puh, das tat gut." Sie dreht sich zu mir um, kommt einen Schritt auf mich zu und nimmt meine Hand.

„Komm!", und zieht mich zur Bühne. Ich verstehe die Welt nicht mehr. Was ist jetzt schon wieder los. Ist jetzt etwa wieder die alte Mina da? Egal. Ich füge mich und da kommt ein Kellner auf uns zu.

„Seid ihr Mina und Tom?"

„Ja", antworten wir im Kanon.

„Das soll ich euch geben. Viel Spaß!"

„Danke." Verdutzt schauen wir dem Kellner hinterher und öffnen den Briefumschlag.

Mina liest den Brief vor.

Hallo ihr zwei Turteltauben,

mir braucht ihr übrigens nichts mehr vormachen! Ihr mögt euch, und das freut mich mega. Also habe ich für euch ein passendes Lied gefunden. Ich hoffe, es gefällt euch. Der Kellner wird alles vorbereiten, wenn ihr soweit seid. Im Anschluss geht ihr bitte zur Hohenzollernbrücke und sucht ein Herz mit euren Initialen, fotografiert es und schickt mir das Foto!

Liebe Herzensgrüße

Euer Maximilian

„Sag mal, der spinnt doch! Turteltauben. Wir sind doch kein Paar. Kommen wir etwa so rüber?"

„Mina, beruhige dich. Vielleicht hat er was falsch verstanden, als wir uns so umarmt haben beim letzten Spieleabend. Wir sind gute Freunde, und das finde ich super. Komm, lass uns dem Kellner winken, dass er uns das Lied anstellt."

„Ja, du hast recht. Wir wissen ja wohl besser, was wir sind. Ich möchte jetzt singen." Mina deutet dem Kellner, dass wir bereit sind. Es ist das Lied ‚Schenk mir heut´ Nacht dein ganzes Herz' von den Hühnern.

„Wie passend", antwortet Mina, als die ersten Töne erklingen. Sie erkennt es sofort. Ich hingegen kenne es nicht und weiß nicht, was Mina damit meint.

Wir beide trällern das Lied zusammen, und es macht echt Spaß. Wir schauen uns immer wieder an, als ob nichts zwischen uns stehen würde. Das Publikum applaudiert und feiert uns. Diese Art von Zuspruch ist für mich neu, aber es gefällt mir. Mal schauen, vielleicht wiederhole ich das irgendwann mal. Mina geht wieder auf die Theke zu und bestellt diesmal zwei Tequila.

„So, diesmal du auch. Bitte tue mir den Gefallen!"

„Ja, eigentlich trinke ich nicht gerne so hartes Zeug, aber ich mache mal eine Ausnahme. Was soll denn schon Schlimmes passieren bei einem?" Im Anschluss beeilten wir uns zur *Hohenzollernbrücke*. Die Kneipe ist ein gutes Stück von der Brücke entfernt. Egal, frische Luft ist gut, um den Kopf freizubekommen. Ich verstehe nach wie vor nicht, was eben mit Mina los war. Vielleicht hat es was mit der Tour zu tun, vorher mit Amely. Die zwei haben sich bestimmt gestritten wegen des Ziels, was zu finden war. Mina brauchte wahrscheinlich nur einen Blitzableiter für ihre Wut.

Den Weg zur Brücke hingegen ist Mina echt ruhig mir gegenüber gewesen. Aber das ändert sich jetzt gleich bestimmt. Lasset die Spielerunde beginnen.

„Wie wollen wir vorgehen? Hast du eine Idee? Wenn ich diese vielen Schlösser sehe, weiß ich nicht so recht, wie wir anfangen sollen."

„Ganz einfach, du gehst auf die andere Seite vom Rhein und wir arbeiten uns nach innen. Sollte jemand etwas gefunden haben, rufen wir uns an!"

„Okay, glaubst du, es wird schwer? Bei so einer Menge?"

„Ja, es ist doch sehr unwahrscheinlich, unsere Anfangsbuchstaben auch noch auf einem Herz zu finden. Also lass uns so vorgehen. Oder hast du Schlaukopf eine bessere Idee?", Mina wiegt dabei ihren Kopf dabei zur Seite. Was soll das denn jetzt so plötzlich wieder? Irgendwas muss sie doch haben.

„Nein, ist schon gut. Ich gehe rüber. Bis gleich."

Auf dem Weg zur gegenüberliegenden Seite grüble ich weiter darüber nach, was in Minas Kopf abgeht. Leider ohne Ergebnis. Kaum angekommen, klingelt schon mein Handy. Es ist Mina.

„Und hast du schon etwas gefunden?", fragt sie mich mürrisch.

„Nein, ich fange doch gerade erst an."

„Okay, dann kannst du wieder zurückkommen. Ich habe eins."

Dann höre ich nur noch:

„Tut, tut, tut …" Sie hat jetzt nicht einfach aufgelegt? Doch hat sie. Was ist nur in sie gefahren? Diese Seite habe ich noch nicht kennen gelernt. Ich glaube, ich halte mich lieber von ihr fern. Drüben angekommen zeigt Mina mir das Foto. Es ist ein silbernes Herz mit T + M. Es ist ein kleines Herz, aber sehr schön.

„Das sieht schön aus. Wie findest du es?"

„Ist das wichtig? Lass uns los zum Bowling Center!" Mina dreht sich um und läuft los.

„Okay." Mehr bekomme ich nicht über meine Lippen. Denn anscheinend ist es egal, was ich sage oder möchte. Es ist ihr nicht recht und es nervt sie. Sie rast zwei Schritte vor mir, denn wir haben nur noch zwanzig Minuten, um pünktlich dort zu sein. Plötzlich bleibt Mina stehen. Ich total in Gedanken, bemerke es nicht und renne in sie hinein.

„Shit, es tut mir leid. Entschuldige bitte!", Mina schiebt mich zur Mauer und küsst mich plötzlich. Meine Augen schließen sich und ich fange gerade an, es zu genießen, ihre vollen Lippen auf meinen zu spüren, als Mina aufhört und mich hinter sich herzieht.

„Bilde dir jetzt bloß nichts darauf ein. Es war nur so ein Anflug von … von … Einsamkeit."

„Schon gut, aber kannst du mich auch wieder loslassen. Laufen kann ich", antwortete ich etwas genervt. Sie lässt mich los und wir gehen weiter zum Bowling Center. Eine Minute vor Ende der Zeit erreichen wir das Center. Die anderen zwei warten schon auf uns. Maximilian schaut mich verdutzt an, er scheint sich ein etwas anderes Bild vor Augen gewünscht zu haben.

Auch das Bowlen läuft nicht besser. Mädels gegen Jungs. Amely tuschelte die ganze Zeit über mit Mina. Ich dachte eigentlich, dass die zwei Streit haben. Offenbar nicht. Somit bin wohl doch ich Minas Problem. Aber warum hat sie mich dann geküsst?

„Tom, Tooooom! Du bist dran!", ruft Maximilian.

„Entschuldige, ich war in Gedanken."

„Das bist du anscheinend öfter", bemerkt Maximilian und grinst mich an.

Nach meinem letzten Wurf ist die Partie zu Ende. Die Mädels haben ganz knapp gewonnen. Das feierten sie auch. Ich hingegen möchte nur nach Hause. Morgen ist Uni.

Die Bahnfahrt kommt mir länger vor, als es wirklich ist. Endlich, frische Luft. Sonst wäre ich eingeschlafen. Als wir an unserem Wohnhaus angekommen sind, steht jemand im Türrahmen. Wir denken alle, es sei ein Obdachloser. Plötzlich spricht mich der Typ mit meinem Namen an. Er trägt eine Kapuze und ich erkenne ihn erst mal nicht. Erst als er die Kapuze abnimmt, bleibe ich abrupt stehen.

„Yannik?"

„Hi Tom."

„Aber … Aber was machst du hier?"

„Ich, ich bin hier …, weil, ach lass uns das drinnen bitte besprechen!" Die anderen schauen mich an und sind total verwundert. Oben angekommen stelle ich ihnen meinen Freund vor.

„Leute, das ist mein Freund Yannik." Mich beschleicht ein komisches Gefühl im Bauch.

„Warum bist du hier? Wolltest du mich besuchen kommen und sehen, wie ich mich eingelebt habe? Warum tauchst du plötzlich bei mir auf? Warum hast du nicht vorher angerufen?"

„Hast du vielleicht ein Glas Wasser für mich?"

„Ja klar. Warte kurz!" Ich eile in die Küche. Ich freue mich sehr, dass Yannik hier ist, aber ich bin verwirrt.

„Hier bitte. Nun raus mit der Sprache! Warum bist du unangekündigt hier?"

„Ich weiß, ich hätte anrufen sollen. Es tut mir echt leid, aber ... ich habe dich nicht erreicht. Hast du eine neue Handy-Nummer?"

„Ja. Shit, ich habe vergessen, diese gestern weiter zuleiten. Ich habe mir gestern eine Prepaid-Nummer zugelegt, denn mein Vertrag ist ausgelaufen."

Deswegen entschloss ich mich, zu dir zu fahren. „Ja weißt du, das ist der eigentliche Grund, warum ich hier bin. Ich habe deinen Vater, nachdem du abgereist bist, mal besucht. Und er war sehr sauer auf dich, richtig traurig. Er wollte nix mehr mit dir zu tun haben. Eigentlich konnte ich ihn verstehen, denn auch ich war sauer. Du hast mir das auch so kurzfristig erzählt, ich konnte mich ja gar nicht darauf vorbereiten. Ich meine klar, jeder hat den Wunsch, vom Elternhaus auszuziehen. Ich weiß auch, dass du immer schon in die große weite Welt wolltest, weil du nicht so die Freiheit hattest, wie manch andere es hatten. Du hast damals immer gesagt, wir zwei gegen den Rest der Welt. Ich glaubte, dass wir beide eine WG zusammen gründen. Wir beide haben es nicht so sehr mit Menschen und ziehen uns eigentlich immer etwas zurück aus dem Leben. Aber der Aspekt hat sich anscheinend hier geändert." Egal, ich bin nicht mehr sauer auf dich. Na ja, auf jeden Fall habe ich deinen Vater wieder dazu bringen können, etwas positiver über dich zu denken und ihm geraten, er solle sich mit dir versöhnen. Bis dieser Gedanke wirklich für ihn umsetzbar war, dauerte es auch. Ich habe aber nicht lockergelassen und ihn auch telefonisch damit genervt. Vor drei Tagen rief er mich an und erzählte mir, dass er dich besuchen und dir verzeihen möchte. Ihm ist bewusst geworden, dass du dein Leben leben musst und deine eigenen Erfahrungen machen musst." Mir drängen sich Tränen in die Augen vor Freude, denn er scheint mir nicht mehr böse zu sein.

„Vorgestern wollte er zu dir aufbrechen. Ich habe ihm noch einen Brief von mir mitgegeben.

„Ja, aber ... aber er scheint noch nicht aufgebrochen zu sein, denn er war noch nicht hier. Bist du sicher, dass er loswollte?"

„Tom bitte. Doch, er ist losgefahren vorgestern, ich habe ihn selbst verabschiedet. Ich habe ihm noch gesagt, er soll sich melden, wenn er angekommen ist. Gestern Morgen, da habe ich ein komisches Gefühl gehabt, da habe ich die Polizei angerufen und ihn als vermisst gemeldet. Die Polizei hat jetzt meine Nummer. Sobald die etwas wissen, melden die sich.

„Aber ich kann doch jetzt nicht hier rumsitzen und warten, bis die anrufen? Hast du versucht, meinen Vater auf dem Handy anzurufen? Vielleicht hat er einfach nur eine Pause eingelegt, sich ein Hotelzimmer genommen und macht einen Städtetrip."

„Tom, das habe ich alles schon gemacht. Keine Reaktion. Das Handy ist aus. Ich weiß, du wirst bestimmt wahnsinnig vor Kummer, aber wir müssen jetzt auf die Polizei warten."

„Machst du dir etwa keine Sorgen? Du bist so ruhig und … Ach, ich weiß auch nicht."

„Doch natürlich mache ich mir Sorgen. Deswegen bin ich zu dir gekommen, weil ich gehofft habe, dass er bei dir ist.

Bitte Tom, ich bin ziemlich müde. Kann ich bei euch übernachten? Morgen sieht die Welt vielleicht schon wieder anders aus. Ich erzähle dir gerne morgen beim Frühstück noch mehr. Da sind wir alle fitter.

„Du kannst gern mein Zimmer nutzen. Und ich schlafe im Wohnzimmer auf der Couch. Oder Leute, das ist doch okay?" Maximilian antwortet als erster:

„Ja sicher, ist ja nur für eine Nacht. Aber Yannik, bitte raube uns nicht aus!", zwinkert er meinem Freund zu. Yannik schaut etwas verdutzt drein. Kurz darauf verlässt Maximilian uns, denn er muss zur Arbeit. Aber auch die Mädels antworten im Kanon:

„Kein Problem!"

Wir haben dies kaum geklärt, da gehen alle in ihre Zimmer. Ich zeige Yannik eben noch das Bad und mein Zimmer. Dann hole ich mir eine zweite Decke, verabschiede mich von Yannik und schließe die Tür hinter mir. Mein Schlafquartier ist heute auf der Couch, aber das macht mir nichts. Es dauert nicht lange und ich scheine tief und fest eingeschlafen zu sein. Mitten in der Nacht werde ich schweißgebadet aus einem Traum ruckartig wach. Es ist schon wieder dieser Autounfall mit meiner Mutter darin. Ich verstehe es nicht. Wo ist mein Vater? Warum meldet der sich nicht? Morgen muss ich Yannik fragen, welchen Weg mein Vater fahren wollte. Eigentlich wollte ich mich schon längst mit ihm unterhalten haben. Es sind fast sechs Wochen vergangen, seit ich von zu Hause weg bin. In der Küche hole ich mir ein Glas Wasser. Plötzlich höre ich eine Zimmertür und warte gespannt darauf, wer es sein könnte. Es ist Yannik. Er muss anscheinend auf die Toilette. Er läuft total schlaftrunken durch die Gegend und weiß nicht mehr, wo das Bad ist. Ich gebe zu, das wackelige Erscheinungsbild ist echt lustig.

„Das Bad ist hier die zweite Tür", ich zeige auf die richtige Tür. Leicht erschrocken reagieren seine Augen. Er reißt sie so auf und dreht den Kopf in meine Richtung. Anscheinend hat er mich bis dato nicht wahrgenommen in der Küche. Ich lege mich wieder hin. Yannik geht auf direkten Weg nach dem Toilettenbesuch in mein Zimmer in einem wacheren

Zustand. Kaum ist die Zimmertür geschlossen, schließe ich meine Augen. Kurz darauf geht schon wieder eine Tür auf. Mein Gedanke ist schon wieder Yannik. Aber diesmal ist es Mina. Ich reibe meine Augen und bin total verwundert, wie sie direkt auf mich zukommt. Sie trägt ein Nachthemd aus Satin. Der Anblick ihrer langen Beine lässt mich dahinschmelzen. Sie ist so bezaubernd und hübsch. Ihre Figur ist gut zu erkennen. Mina setzt sich auf das Fußende der Couch. Ich rücke ein wenig und setze mich auf. Unsere Blicke treffen sich. Da ist es: Dieses warme Gefühl und die Vertrautheit, die ich immer wieder spüre, wenn sie bei mir ist. Ich nehme ihre Hand und streichle diese.

„Meinst du deinem Vater ist wirklich etwas passiert? Ich kann nicht wirklich einschlafen, es kommen mir gerade Horrorszenarien vor das Auge."

„Ich weiß es nicht. Eigentlich meldet er sich, wenn er das auch vorher sagt. Aber wer weiß, was mein Vater Schönes entdeckt hat. Vielleicht hat er ein Hotelzimmer genommen, um sich die Gegend besser anzuschauen. Aber ich werde das Gefühl nicht los, dass etwas mit dir nicht stimmt. Mina, was ist gestern mit dir los gewesen?"

Mina legt ihre zweite Hand auf unsere Hände und streichelt nun auch mich. Sie wirkt unsicher und verängstigt. Dann spricht sie doch, aber sehr leise, als hätte sie Angst, die anderen zu wecken.

„Tom, ich mag dich sehr. Und du hast völlig recht mit dem, was du gemerkt hast. Es ist etwas zwischen uns, aber … Aber ich kann nicht mit dir zusammen sein. Ich möchte dich besser kennenlernen. Ich muss sichergehen, dass du es wirklich ernst mit mir meinst. Meine Vergangenheit ist … ach egal. Ich möchte dir eigentlich nur sagen, dass mein Verhalten dir gegenüber gestern nicht in Ordnung war. Meine Probleme sind nicht deine. Und das sollst du wissen."

„Aber was für Probleme? Mina! Erkläre mir einfach, was passiert ist. Ich möchte für dich da sein, und sei es nur als Freund. Ich mag dich auch. Sehr sogar", antworte ich forschend, aber auch leise.

„Ich kann es dir nicht sagen. Bitte entschuldige mein gestriges Verhalten. Vielleicht kommt Tag X und ich erkläre es dir. Gute Nacht." Mina beugt sich zu mir und küsst meine Wange. Ich genieße diesen Moment und möchte eigentlich nicht, dass er aufhört. Als Mina sich löst, mich anschaut und aufstehen möchte, halte ich sie fest:

„Bitte bleib noch." Ich löse meine Hand, nehme sie in den Arm und halte sie einfach. Eigentlich möchte ich sie küssen, aber ich traue mich nicht, obwohl ich merke, dass Mina sich in meinen Armen wohlfühlt.

Plötzlich löst sie sich ruckartig aus meinen Armen und rennt in ihr Zimmer.

Am Morgen treffen sich alle um sieben zum Frühstück, denn es ist Freitag und somit für uns alle ein ganz gewöhnlicher Schul- und Arbeitsalltag. Yannik gesellt sich zu uns, und ich spreche ihn direkt auf meinen Vater an.

„Tom, ich verstehe deine Aufregung, aber wie schon gesagt, er wollte zu dir. Welchen Weg er genommen hat, darüber haben wir nicht gesprochen." Plötzlich geht das Handy von Yannik.

Es war, es war … Es war die Polizei."

„Nein! Nein! Bitte, bitte sag mir nicht …"

„Doch Tom. Es tut mir leid. Er hatte einen Unfall und ist direkt gestorben." Ab jetzt höre ich Yannik nur noch in weiter Ferne, weitere Dinge erzählen. Es fühlt sich an wie ein Albtraum. Ich sitze da und es laufen einfach Tränen über mein Gesicht. Mina und auch Maximilian kommen zu mir. Sie nehmen mich in den Arm, möchten mir beiseitestehen. Ich ertrage es aber nicht und stoße sie weg. Ich höre Yanniks Stimme wieder.

„Sie haben mich gebeten, mit dir zur Wache zu kommen. Die Beamten haben noch ein paar Fragen an dich."

„Ich verstehe das alles nicht. Okay, dann lass uns sofort los." Ich stehe sofort auf und gehe Richtung Tür. Da stellt sich Maximilian mir in den Weg, nimmt mich bei den Schultern und rüttelt mich, versucht mich zur Vernunft zu bringen.

„Mensch, nun warte kurz. Du musst erst noch ein paar Sachen packen. Dein Handy einpacken, damit du Telefonate führen kannst. Ich werde dich entschuldigen beim Chef und du schaust in den nächsten Tagen, was zu erledigen ist. Und noch etwas. Wenn du Hilfe brauchst oder einfach nur reden möchtest, ich bin für dich da. Bitte zögere nicht mit deinem Anruf. Es ist mein völliger Ernst. Ich bin für dich da, egal welche Uhrzeit."

„Okay", bringe ich nur über meine Lippen und gehe schnurstracks in mein Zimmer. Völlig neben mir packe ich hastig eine Tasche, werfe blindlings Kleidungsstücke und Hygieneartikel rein. Dann schnappe ich mir mein Handy, stürme raus zu Yannik und bitte ihn loszufahren. Daraufhin verlassen wir auch schon die Wohnung.

7

Alles ist anders

Bei der Polizei Bonn angekommen, weckt Yannik mich. Die Autofahrt über habe ich geschlafen. Er begleitet mich hinein und meldet uns an. Der zuständige Polizist bringt uns in ein Büro und schildert, was passiert sei. Ich bekomme nur die Hälfte mit. Das Wichtigste ist für mich, warum mein Vater einen Unfall hatte. Der Polizist erzählt mir, dass er einen Herzinfarkt gehabt hat und auf der Stelle tot gewesen sein muss. Der Aufprall gegen den Baum hat er nicht mehr mitbekommen, versucht der Polizist mich zu beruhigen.

Ich stehe auf und renne aus dem Büro, mir ist kotzübel. Draußen an der frischen Luft atme ich tief ein und aus. Darauf folgt eine Wut auf mich selbst. Ich trete gegen die aufgehängte Mülltonne, trete und trete wie von Sinnen.

„Ich bin schuld, dass er gestorben ist!" Kurz darauf geben meine Knie nach und ich falle zu Boden. Meine Tränen lassen sich nicht mehr stoppen. Yannik ist mir nach draußen gefolgt. Er möchte mich beruhigen und hilft mir hoch, aber das weckt neuerlich Wut.

„Warum hast du mich nicht sofort angerufen?

Warum? Er ist mein Vater!" Und wieder zwingen mich die Knie in die Tiefe.

„Bitte Tom. Das bringt doch jetzt nichts. Beruhige dich. Keiner kann etwas für diesen Herzinfarkt. Es ging ihm gut. Er strahlte vor Freude, dich endlich wieder zu sehen. Komm, ich helfe dir auf. Dann gehen wir rein und hören uns an, was der Polizist uns noch zu sagen hat."

Wir gehen gemeinsam hinein und meine brennende Frage stelle ich ihm noch, bevor wir das Büro betreten haben.

„Wo ist mein Vater? Ich möchte ihn noch einmal sehen."

„Ihr Vater ist in der Pathologie im Universitätsklinikum Bonn. Dort wurde er genau untersucht und festgestellt, dass er einen Herzinfarkt erlitten hat. Sie müssen sich bitte schnellstmöglich mit einem Beerdigungsinstitut in Verbindung setzen. Die veranlassen dann die Aufbahrung und alles Weitere. Machen Sie sich Gedanken, wo Sie Ihren Vater beerdigen möchten und wie. Ansonsten habe ich jetzt Ihre Kontaktdaten. Sollte ich noch Fragen haben, melde ich mich. Das Auto mussten wir zum Schrottplatz fahren. Ich gebe Ihnen die Kontaktdaten, dann können Sie mit dem Herrn dort klären, was mit dem Auto geschehen soll. Wir konnten noch ein paar persönliche Gegenstände Ihres Vaters retten, diese möchte ich Ihnen noch mitgeben. Mein herzliches Beileid und alles Gute."

Daraufhin verlassen wir gemeinsam die Wache. Ich halte diese braune Tüte mit den persönlichen Dingen meines Vaters in der Hand. Nicht fähig, einen Blick hineinzuwerfen, die Uhr mit dem verschlissenen Armband zu sehen, die ihm meine Mutter geschenkt hatte.

Alles fühlt sich wie ein Albtraum für mich an. Meine Beine sind schwer wie Blei und tragen mich widerwillig zum Auto. Yannik weicht mir gerade kein Stück von der Seite. Er öffnet mir die Tür, als ob ich das nicht könnte. Ich lasse ihn machen.

„Sag mal, was sollen wir jetzt machen?"

„Ich möchte zum Schrottplatz. Fährst du mich bitte?"

„Ja klar. Aber meinst du nicht, das ist alles etwas viel heute?"

„Ja, vielleicht. Aber die Zeit läuft, und ich muss noch vieles erledigen. Was das alles zu tun ist, weiß ich noch nicht." Ich antworte kurz und knapp und ich merke, wie meine Kraft aus mir weicht. Ich nehme nichts um mich herum wahr. Ich halte die Tüte fest umschlungen und meine Gedanken sind leer.

„Gut, dann fahren wir hin und haben wieder einen Punkt erledigt. Aber danach fahren wir was essen, du musst mal langsam etwas in den Magen bekommen."

Am Schrottplatz angekommen steige ich wie ein alter Mann aus dem Auto. Ich sehe Vaters Auto schon. Ich bin geschockt und drehe mich um.

„Ich ertrage das nicht." Tränen laufen über mein Gesicht.

„Schon gut, ich mache es für dich. Du willst das Auto schrotten lassen? Oder was möchtest du?"

„Ja. Eigentlich wollte ich noch mal schauen, ob da etwas Persönliches drin ist. Vielleicht kannst du das übernehmen für mich? Bitte."

Yannik macht sich sofort auf dem Weg zum Auto und der Händler gesellt sich dazu. Ein kurzes Gespräch, und der Händler verschwindet wieder in seine Bude. Yannik schaut sich das Auto an, soweit das überhaupt möglich ist. Die Karosserie ist ziemlich eingedrückt. Yannik hat nicht viel gefunden, aber etwas für mich Wichtiges schon. Als er im Auto sitzt, überreicht er mir eine zerstörte CD-Hülle. Ich öffne sie und sehe, dass die CD keinen Kratzer abbekommen hat. Sofort schiebe ich sie in das Radiogerät und da läuft unser gemeinsames Lieblingslied.

Es ist von ‚Elvis Presley' ‚Can't Help Falling in Love with You'. Die ersten Worte sind gesungen und ich beginne schon wieder das Schluchzen. Aber das Lied beruhigt mich doch recht schnell. Ich merke, dass es mir guttut. Wir hören es in einer Dauerschleife. Ich habe das Gefühl, ich bin meinem Vater nahe. Yannik fährt uns zu einer Raststätte, denn er ist der Meinung, wir müssen etwas zu uns nehmen. Ich glaube, er ist froh, aus dem Auto steigen zu können, um einen Augenblick mal dieses Lied nicht mehr ertragen zu müssen. Das ist mir hingegen scheißegal. Die Raststätte ist gut besucht. Alle sind gut drauf, glücklich und aufgeregt. Sie fahren anscheinend in Kurzurlaube oder so etwas. Ich hingegen ertrage diese Glückseligkeit nicht. Von mir aus könnten wir weiter fahren, aber Yannik steht schon am Schalter und bestellt uns etwas zu essen.

Yannik verdrückt ein großes Menü, während ich keinen Bissen herunter bekomme und lediglich eine Cola trinke. Er packt mein Essen aber ein in der Hoffnung, dass ich später etwas essen werde. In Birkenfeld angekommen, bringt mich Yannik nicht nach Hause. Wir werden diese Nacht bei ihm verbringen. Seine Mutter kommt sofort weinend auf mich zu gestürmt und erdrückt mich vor Kummer, versucht mir beruhigende Worte zu sagen. Ich bekomme das kaum mit, denn ich bin wie in einer Blase gehüllt, die nur meine Gedanken zulassen. Meine Antworten fallen einsilbig aus. Nur ja, ja und hin und wieder ein Nicken. Und so trenne ich mich von ihr und bitte Yannik, mir meinen Schlafplatz zu zeigen. Es ist schon fertig hergerichtet und er schließt die Tür recht schnell hinter mir. Endlich Ruhe! Die Nacht zieht sich ewig, denn ich kann nicht schlafen. Andauernd habe ich das kaputte Auto vor meinen Augen. Am liebsten würde ich jetzt Mina anrufen. Sie muss aber schlafen, denn sie steht früh auf. Ich entscheide mich zu einer SMS an sie.

Hallo Mina,
ich wollte dir nur kurz schreiben, dass wir gut in Birkenfeld angekommen sind.

Bis dann
Tom

Anscheinend bin ich doch eingeduselt, denn ich erschrecke, als der Wecker klingelt. Heute steht viel auf dem Plan. Ich ziehe mich an und gehe leise die Treppe hinunter. Es scheint noch niemand wach zu sein. Ich verlasse das Haus und beginne mit meinen Plänen. Ich fahre mit dem Bus zuerst nach Hause. Es ist ein komisches Gefühl. Eigentlich vertraut, aber zugleich ein mulmiges Gefühl. Kaum bin ich zu Hause, weiß ich nicht, was ich zuerst machen soll. Ich entscheide mich für den Bestatter. Nach dem

Telefonat weiß ich zumindest, dass ich meinen Vater doch nicht mehr aufbahren lassen möchte, denn das Bild mit dem kaputten, zerdrückten Auto bleibt schon an mir haften. Ich möchte ihn selbst in guter Erinnerung bewahren. Schwieriger wird die Suche nach Unterlagen wie Lebensversicherung, Rentenunterlagen, Mietvertrag, Versicherungen, Strom und Telefonanschluss. Alle weiteren Unterlagen finde ich auch noch. Zusätzlich soll ich überlegen, was ich mir für das Begräbnis meines Vaters wünsche. Ich habe erst am Nachmittag einen erneuten Telefontermin mit dem Bestatter. Somit habe ich genügend Zeit, mir Gedanken zu machen. Es ist auch Zeit, mal auf den Friedhof zu gehen. Das Grab ist schon alt. In der Reihe angekommen, sehe ich es schon von Weitem, dass es sehr liebevoll gepflegt wurde. Das hat mein Vater immer gemacht. Meine Mutter war seine große Liebe. Ich kann mich nicht so gut erinnern. Ich war zu klein, als ich sie verloren habe. Dementsprechend bin ich nicht so oft hier am Grab gewesen. Jetzt wird mir dies bewusst. Die letzten Jahre habe ich gar nicht mehr über meine Mutter gesprochen, geschweige denn, dass ich ihr Grab besucht habe. Sie war mir egal. Kaum habe ich den Gedanken ausgedacht, schon heule ich los.

Nein Mama, du bist mir nicht egal. Das musst du mir glauben. Ich denke eigentlich schon öfter an dich. Ich hätte gerne mehr Zeit mit dir verbringen wollen. Aber du bist leider sehr schwer krank geworden. Ich vermisse dich. Bitte Mama verzeih mir, dass ich nicht oft hier war in den letzten Jahren. Kannst du mir nicht ein Zeichen geben? Mama, der Papa ist jetzt auch bei dir oben. Wenn du ihn triffst, bitte sag ihm, dass es mir leidtut, dass ich ihn im Stich gelassen habe. Ich wollte es nicht. Ehrlich. Bitte Papa, wenn du das hörst. Es tut mir so leid.

Auf den Knien vor dem Grab sitzend, heule ich mir die Seele aus. Das schlechte Gewissen plagt mich. Die anderen Menschen auf dem Friedhof fallen mir nicht auf. Irgendwann tippt mir jemand auf die Schulter.

„Ach, Yannik, du bist es", ruckartig wische ich mir die Tränen ab und stehe auf.

„Hier bist du! Mensch ich habe dich überall gesucht. Warum bist du einfach weg? Wir haben uns Sorgen gemacht!"

„Meine Aufgabenliste ist heute sehr lang. Deshalb bin ich früh aufgestanden um schnell zu beginnen. Tut mir leid, dass ich euch einen Schrecken eingejagt habe. Das nächste Mal hinterlasse ich eine Notiz."

„Ja, das wäre eine gute Idee gewesen. Hätte mir erspart, dich überall suchen zu müssen. Hast du eigentlich schon etwas gegessen?"

„Ähm, ja danke. Ich habe mir ein belegtes Brötchen geholt beim Bäcker", lüge ich ihn an. Essen. Ich bekomme momentan nichts herunter. Das versteht er nicht, denn er befindet sich nicht so unmittelbar in dieser Situation wie ich.

„Okay, was machst du hier?"

„Ich wollte mal schauen, wie lange genau meine Mama tot ist. Das muss ich wissen, um zu überlegen, wie ich meinen Vater beerdige. Es gibt schon dieses Grab und jetzt ist die Überlegung, ob ich meinen Vater mit in das hineinbringe oder ... oder ...", ich verstumme.

„Schon gut. Ich weiß, was du meinst. Da du jetzt in Köln lebst, überlegst du, wie es am besten ist. Auch wegen der Pflege des Grabes. Du könntest dem Friedhofsgärtner einen Auftrag für bezahlte Grabpflege geben oder ich kann dir anbieten, dass ich hin und wieder mal nach dem Rechten schaue. Das bekommen wir hin.

Da mach dir keinen Kopf drüber", bietet Yannik mir an. Aber ich empfinde es als nicht richtig, aber das binde ich ihm jetzt nicht auf die Nase. Ich muss schauen, dass er mich wieder allein lässt, damit ich in Ruhe weitermachen kann. Nun ist schon eine Stunde im Sande verlaufen, weil er mich zugetextet hat, aber er hat mich zumindest nach Hause begleitet.

Verdammt! So, jetzt aber ran an die Ordner, damit ich es herausfinde um dem Bestatter endlich Bescheid geben zu können. Im fünften Ordner werde ich fündig. Es sind noch ungefähr zwei Jahre, bis das Grab abläuft. Ok, die Entscheidung ist einfach. Kurz danach ist der Telefontermin mit dem Bestatter. Ich bitte um einen persönlichen Termin und erkläre noch am Telefon, wofür ich mich entschieden habe. Ich werde ein Rasengrab oder ein Baum-Feld nehmen, wo keine Pflege nötig ist. Aber einen Wunsch habe ich doch. Der Name meines Vaters soll auf einem Stein oder einer Platte verewigt werden hier in Birkenfeld. Mein alter Herr hat immer schon hier gelebt. Warum sollte ich ihn jetzt woanders beerdigen, nur damit ich es leichter im Leben habe? Das wäre nicht sein Wunsch. Kaum ausgesprochen, beginnen die Tränen zu laufen. Der Bestatter bestätigt das und vereinbart einen Termin für den nächsten Tag. Nach dem Telefonat brauche ich dringend etwas zu trinken. Nach einem weiteren Schluck Wasser durchforste ich das Wohnzimmer weiter nach Erinnerungen. Viele Fotos in Alben fielen mir aus einem Schrank entgegen. Eins fiel mir besonders auf, ein selbstgemachtes Album von meiner Taufe. Ich öffne das Buch und siehe meine Mama, wie sie mich stolz lächelnd auf dem Arm hielt. Es ist ein schönes Foto. Mein Hals schnürt sich zu und ich kann nicht anders, als das Buch zu schließen. Es tut zu weh. Nach einem kurzen Augenblick nehme ich die Alben und packe sie in eine große Einkaufstasche. Plötzlich höre ich ein Geräusch. Was war denn das? Ich horche – Stille. Komisch, noch nie gehört. Ach egal. Weiter geht's. Viele Ordner später finde ich einen weiteren mit wichtigen Unterlagen wegen der Kündigungen von Strom, Miete und Telefon. Damit beschäftige ich mich morgen, es ist schon spät.

Als ich in meinem alten Zimmer im Bett liege, kommt mir Mina in den Sinn. Ich nehme mein Handy und überlege sie anzuschreiben, als schon wieder dieser Ton vom Handy kommt. Oh nein, mein Akku geht leer. Ich springe aus dem Bett und suche in meiner Tasche nach meinem Handyakku. Shit. Ich habe es in Köln liegengelassen.

Ich rufe noch schnell Maximilian an und bitte ihn, den Akku per Express zu schicken. Er verspricht es und versucht herauszufinden, wie es mir so geht. Aber ganz ehrlich - Wie soll man sich schon fühlen, wenn man jetzt niemanden mehr hat?

Maximilian versucht mir mit warmen Worten zu helfen, aber es nervt mich und so beende ich das Gespräch recht schnell. Irgendwie regt mich alles momentan auf und ich will auch keine Hilfe. Ich möchte einfach meine Ruhe und alles erledigen, was noch offen ist. Kurz darauf scheine ich eingeschlafen zu sein.

Mensch Papa, da bist du ja. Ich dachte, du bist tot. Du hast mir einen Schrecken eingejagt. Yannik sagte mir, dass du dich auf den Weg zu mir nach Köln gemacht hast. Ich bin so froh, dass wir endlich reden können und es tut mir leid. Ich habe mir Gedanken gemacht und zu spät gemerkt, was ich dir damit angetan habe, so überstürzt abzureisen.

Papa ..., kurz darauf höre ich ein Geräusch und wache total orientierungslos auf. Da schon wieder das Geräusch. Es ist die Klingel. Hä, wer klingelt um diese Uhrzeit? Ich wage einen Blick auf meine Armbanduhr und bemerke, dass es schon neun Uhr am nächsten Morgen ist.

Ich ziehe mir eine Hose über und rufe aus dem Flur: „Einen Moment bitte! Komme sofort!", ich eile zur Haustür, öffne diese und erstarre.

8

Plötzlich allein

Mina steht vor mir. Ich bekomme keinen Ton heraus. Sie kommt auf mich zu und nimmt mich einfach nur in den Arm.

„Oh, Mina, was machst du hier? Es ist so schön, dich zu sehen. Bitte lass mich nicht los! Es tut so gut."

Eine halbe Ewigkeit stehen wir stumm da. Dann endlich antwortet Mina mir. Ich löse mich aus der Umarmung und schaue ihr tief in die Augen, da ist es wieder - das vertraute Gefühl.

„Du brauchst doch dein Akku, oder?", und hält es mir vor der Nase. Ich umarme sie gleich wieder vor lauter Dankbarkeit nicht mehr allein sein zu müssen.

„Schön, dass du da bist. Die Tage hier in Birkenfeld sind so still und einsam. Es ist zwar mein Zuhause, aber ich fühle mich hier nicht mehr so wohl. Es erinnert mich, an mein langweiliges Leben, bevor ich nach Köln gezogen bin. Andersherum hatte ich es hier in Birkenfeld immer gut. Mein Vater hat immer für mich gesorgt und versucht mich für das Leben zu wappnen.

Danke, dass du es mir gebracht hast, aber ich wollte nicht, dass sich jemand auf dem Weg nur deswegen macht. Die Post hätte ausgereicht."

„Ja, ich weiß, aber ich wollte dich sehen. Ich mache mir Sorgen um dich. Du hast dich nicht einmal bei mir gemeldet. Bis auf die Wörter, dass du gut angekommen bist. Das ist jetzt aber schon ein paar Stunden her. Ich dachte, wir sind Freunde oder schon fast darüber hinaus?", fragt mich Mina ziemlich besorgt und schaut mich dabei ziemlich lieb an.

„Ja, du hast recht. Wir sind Freunde, aber … Aber ich brauche meine Ruhe und du auch für das Lernen. Eigentlich habe ich jeden Abend an dich gedacht und überlegt, ob ich dir schreibe. Irgendwie konnte ich nicht. Es tut mir leid, ich wollte nicht, dass du dir Sorgen machst. Aber eigentlich hättest du auch mal schreiben oder anrufen können!" Mina lacht.

„Das ist witzig, das du das sagst. Das habe ich auch abends getan. Ich starrte das Handy an und öffnete deine Kontaktdaten, und wollte dich anschreiben. Auch ich wollte dich nicht stören, denn du hast etwas anderes im Kopf als deine Freunde oder deine Freundin." Ich drücke meine Hand auf ihren Mund:

„Pssssst." Ich ziehe sie an mich und küsse sie. Erst erforschen meine Lippen ihre gut schmeckenden und weichen Lippen ganz vorsichtig. Mina öffnet ihre Lippen. Da konnte ich nicht anders, meine Begierde nach ihr explodierte. Voller Verlangen finden sich unsere Zungen.

Mina drückt mich rückwärts gegen die Wand. Ihre Hände gleiten über meine Arme, meinen Hals. Es dauert nicht lange und ich tue das Gleiche. Sie lässt ihre Tasche fallen. Sie will mich! Kurz darauf hebe ich sie hoch und gehe mit ihr in mein altes Zimmer und wir setzen uns rittlings auf die Bettkante, können nicht voneinander lassen. Sie fängt an, mir unter das T-Shirt zu gehen und meinen Rücken zu streicheln. Sie ist so zärtlich und vorsichtig, stöhnt leise auf. Kurz darauf zieht sie mir das Shirt aus. Oh Gott, sie sieht meinen Bauch. Egal, denke ich nur und beginne ebenfalls sie auszuziehen. Kurz darauf kommt mir ein Gedanke.

„Hast du zufällig ein Kondom dabei?", frage ich ziemlich verlegen.

„Ja habe ich", und daraufhin läuft Mina zu ihrer Tasche.

Ich checke in der Zeit meinen Oberkörper. Ja sieht nicht so schlimm aus wie gedacht. Irgendwie kommt sie nicht wieder.

„Minaaa?", und da steht sie nackt vor mir. Ich bekomme den Mund nicht mehr zu. Sie ist so sexy. Ihre langen Beine, ihre schmale Figur und ihre Brüste so wunderschön handlich. Ich schätze mal Cup B.

Kaum habe ich ausgedacht, da regt sich etwas bei mir. Mina kommt auf mich zu und fragt nur:

„Möchtest du mich nur anschauen oder nimmst du mich auch endlich in deine Arme, mein geiler Hengst?"

„Was? Dein geiler Hengst? Na warte!", Shit! Sie hat meine Erregung entdeckt, aber Mina scheint mich so zu mögen, wie ich bin. Kurz darauf liegen wir in meinem Bett. Ich beginne sie zu streicheln. So zärtlich es nur geht und hoffe, dass es ihr gefällt. Wir knutschen erneut. Meine Zunge löst sich von ihrer und wandert ihren Hals herab. Sie duftet nach Brombeeren. Ich liebkose ihre Brüste. Ich kann es nicht in Worte fassen. Die sind unglaublich. Ich liebe sie jetzt schon, denke ich mir. Am liebsten würde ich sie jetzt spüren wollen, aber ich möchte sie noch ein wenig verwöhnen und … und.

Mina merkt, dass ich mich anspanne.

„Ist alles in Ordnung? Geht es dir zu schnell?"

„Nein, es ist alles okay. Aber ich … habe Angst das ich dir wehtue. Ich habe keine Erfahrung, wie du ja schon weißt."

„Ja, ich weiß. Warte, ich habe eine Idee." Mina holt ihr Handy und macht romantische Musik an. Sie meint, dass es mir hilft, mich zu entspannen. Und das tut es tatsächlich. Das, was wir im Bett tun, ist plötzlich Nebensache.

„Es ist einfach so schön mit dir. Ich bin froh, dass du hier bei mir bist."

„Das finde ich auch. Du tust mir gut." Mina setzt sich, nachdem ich das Kondom übergestülpt habe, auf mich und ich dringe ganz langsam in sie hinein, und wir beide stöhnen. Es ist so ein schönes Gefühl Sex zu haben. Warum habe ich mich nicht schon früher getraut, kommt mir in den Sinn. Und dann ist es auch schon wieder vorbei. Ich bin irgendwie enttäuscht. Aber ich wusste, dass es so kommen kann. Mina hingegen nimmt es locker. Wir trennen uns kurz körperlich voneinander, um nebeneinander im Bett zu liegen. Mina bekommt eine Gänsehaut.

„Ist dir kalt?", frage ich sie. Und im gleichen Moment nehme ich die Decke und breite sie über uns aus.

„Nein, eigentlich nicht. Aber danke, sehr lieb von dir."

Wir liegen noch eine gefühlte Ewigkeit im Bett, streicheln und küssen uns. Es ist ein wohliges, warmes Gefühl. Mein Herz pocht.

„Sag mal, sind wir jetzt eigentlich so richtig zusammen? Oder war das jetzt so etwas wie ein One-Night-Stand für dich?", frage ich Mina.

„Also, wenn du das möchtest, bin ich gerne deine Freundin." Mina strahlt mich an und beginnt wieder

114

von vorne mit den Liebkosungen. Es fühlt sich unglaublich an. Ich habe eine Freundin.

„Kling, Kling ...", ich schrecke auf und schaue auf die Uhr. „Shit, Shit, Shit! Der Bestatter Termin. Mina, du musst dich anziehen." Plötzlich ist das Schöne vorbei und ich bin schlagartig wieder in der Realität angekommen.

„Ich muss zum Bestatter. Kommst du mit oder musst du zurück nach Köln?"

„Ich begleite dich gerne noch zum Bestatter." Kurz darauf rennen wir Hand in Hand zum Institut. Zum Glück ist es nicht so weit entfernt. Angekommen entschuldige ich mich japsend, dann setzen wir uns. Wir besprechen den Ablauf und die einzelnen Punkte der Beerdigung. Plötzlich ist es wieder da, dieses klaffende Loch der Einsamkeit und Verlorenheit. Ich entscheide mich für ein Rasengrab mit einer Platte, worauf Vaters Name eingraviert ist. Die Urne habe ich mit Minas Hilfe ausgesucht. Dann stellt der Bestatter mir eine Frage, die ich nicht so einfach beantworten kann.

„Welchen Blumenschmuck möchten Sie auf der oder um die Urne haben?"

Ich schaue ihn total verdattert an. Mina drückt meine feuchte Hand.

„Ich weiß gar nicht, welche Blumen ihm gefallen würden. Wir haben uns bei dem Thema Blumen immer gestritten. Er hat immer mal eine Rose für meine Mama gekauft. Seine Lieblingsfarbe ist gelb ... Vielleicht gelbe Rosen?"

„Gut, dann arrangieren wir ein kleines Gesteck oben drauf mit einigen gelben Rosen und Efeu beispielsweise oder Sie bestellen beim Blumenhändler einen kleinen Kranz für die Urne. Was möchten Sie lieber?"

„Ich finde einen kleinen Kranz schöner. Den kann ich bei unserem Blumenhändler um die Ecke bestellen. Die können mir vielleicht da noch etwas zur Seite stehen."

„Ist das in Ordnung für Sie?", fragt der Bestatter mich.

„Ja, so machen wir es. Wann ist die Beerdigung denn jetzt genau?", frage ich erwartungsvoll, um endlich Klarheit zu bekommen.

„Das genaue Datum steht leider noch nicht fest, aber ich denke morgen kann ich ihnen mehr dazu sagen. Meine Einschätzung liegt bei ungefähr einer Woche. Möchten Sie eine Todesanzeige in die Zeitung setzen? Vielleicht für Nachbarn oder Freunde?"

„Nein."

Wir unterhielten uns noch über die Unterlagen von der Lebensversicherung, denn die übernehmen die Kosten der Beerdigung. Dann verließ ich mit Mina das Büro. Wir gehen schweigend ein Stück nebeneinander Hand in Hand zum Blumenhändler. Dort angekommen bin ich von bunten Blumen und Arrangements überwältigt und überfordert. Die Verkäuferin kommt auf uns zu. Ich erkläre ihr mein Anliegen. Sie zeigt mir einige Variationen und dank Mina habe ich bald entschieden, welcher Blumenschmuck für die Urne gemacht wird. Wir verlassen das Geschäft und ich hänge in meinen Gedanken fest.

Nach einiger Zeit bricht Mina das Schweigen und murmelt:

„Können wir zu dir? Ich habe riesigen Hunger."

„Ja klar, aber ich habe nichts im Kühlschrank. Wenn du magst, können wir etwas bestellen. Mir ist nicht so nach Menschenmengen."

„Das ist völlig in Ordnung." Kaum angekommen, stürzt sich Mina auf mich. Sie küsst mich und möchte mich in mein Zimmer drücken.

„Stopp!", schreie ich sie an. „Ich kann jetzt nicht." Ich gehe ins Bad. Und so habe ich Mina dastehen gelassen. Wie konnte sie nur jetzt an Sex denken? Ja, es ist schön mit ihr, aber ich habe gerade vor zehn Minuten die Beerdigung besprochen. Ich werde meinen Vater nie wieder sehen. Und schon laufen mir die Tränen. Plötzlich werde ich wütend. Ich schmeiße alle Sachen, die auf dem Brettchen über dem Waschbecken stehen, hinunter und schreie:

„Warum, warum hast du mich jetzt allein gelassen? Paaaapaaaaaa!"

Mina stürzt herein und sieht das Chaos.

„Ist dir etwas passiert?" Kurz darauf begreift sie, warum ich schluchzend dasitze. Daraufhin setzt sie sich ebenfalls auf den Boden vor mich und nimmt mich in den Arm. So sitzen wir eine Weile da. Als ich mich beruhigt habe, kommt mir der Gedanke wieder, dass Mina eigentlich Hunger hat.

„Du hast doch Hunger. Komm, wir schauen mal, was wir dir Schönes bestellen können."

„Du isst nichts?"

„Nein, ich habe keinen Hunger. Verzeih mir."

„Du musst dich nicht entschuldigen, aber vielleicht einfach nur eine Kleinigkeit. Einen Salat oder Pizzabrötchen."

„Ja gut", antworte ich, um ihr den Gefallen zu tun.

Wir bestellen uns eine Pizza Paprika, Pizzabrötchen mit Kräuterbutter und eine Flasche Cola Zero. Es dauert nicht lange und das Essen wird geliefert. Etwas zu essen ist gar nicht so schlimm, merke ich verblüfft. Ich glaube, mein Bauch freut sich darauf etwas zu tun. Jetzt kommt aber wieder dieser Punkt, wo ich meine Ruhe haben möchte. Nachdem dritten Pizzabrötchen bin ich satt, stehe auf und gehe einfach. Wieder einmal lasse ich Mina dasitzen, weil es mir egal ist. Auf dem Balkon kommt eine Erinnerung auf.

Wie ich meinen Paps verlassen habe, um nach Köln zu fahren. Auch diesmal füllen sich meine Augen mit Tränen. Ich lasse mich auf den Stuhl fallen. Nun sitze ich da, ganz allein und ruhig in Gedanken verloren und starre nur geradeaus. Wie mein Vater, als ich ihn verlassen habe, um nach Köln aufzubrechen. Die Leere breitet sich in mir erneut aus.

Wird das jetzt ewig so sein, dieses Gefühl?

Ich höre Mina kommen.

„Ach, hier bist du! Magst du mich nicht? Oder warum läufst du andauernd weg von mir?" Ich schaue sie erschrocken an.

„Natürlich mag ich dich. Ich bin in dich verliebt! Das weißt du doch!"

„Ja, aber ich habe nicht das Gefühl. Ich komme mir vor wie der letzte Mensch, der dir nur im Weg herumsteht. Ich glaube, ich fahre lieber heute noch nach Hause. Du solltest dir klar werden, was du willst, Tom."

„Mina, ich will dich, aber verstehst du nicht? Ich habe meinen Vater verloren. Ich habe jetzt niemanden mehr. Ich bin jetzt allein auf der Welt."

„Ich verstehe dich, aber ich möchte dir helfen. Und du bist nicht allein. Deine Freunde sind für dich da und ich möchte auch für dich da sein. Denn falls du es vergessen hast, gehen wir jetzt zusammen die Probleme und das Leben an. Aber du lässt mich nicht an dich ran. Vielleicht sollten wir beide einfach noch mal darüber nachdenken, was wir wollen und vor allem wie. Ich sammle eben meine Sachen und dann würde ich losfahren. Soll ich etwas mit nach Hause nehmen für dich?" Mina verschwindet in mein Zimmer und ich bin geschockt über diese Worte. Sie will mich doch nicht wieder verlassen. Ich muss das aufklären. Sie denkt falsch. Ich renne ihr hinterher.

„Ich muss nicht nachdenken. Aber ich brauche einfach Zeit und Ruhe damit klar zu kommen. Bitte verstehe mich doch. Und ja, ich hätte etwas, das du nach Köln mitnehmen kannst. Zwei Kartons mit Erinnerungen von mir und meiner Familie." Ich gehe ins Wohnzimmer und zeige ihr die Kartons.

Diese bringt sie sofort zum Käfer, meinem Auto. Diese Tatsache fällt mir jetzt erst auf.

„Du bist mit meinem Auto gefahren, ohne mich zu fragen?"

„Ja, so steht es nicht nur rum." antwortet Mina etwas patzig. Sie kommt erneut herein, schnappt sich einen weiteren Karton und verstaut ihn. Und schon ist Mina wieder im Flur und schnappt sich noch ihre Tasche. Ich schaue nur zu und stehe wie angewurzelt da. Irgendwie kann ich es gerade nicht fassen, dass sie fahren wird. Andererseits bin ich aber auch froh, gleich wieder allein zu sein. Ich habe gerade keinen Kopf für so etwas. Mina kommt mit schnellen

Schritten auf mich zu und gibt mir einen Kuss auf die Wange und flüstert leise:

„Ciao." Sie scheint sauer zu sein. Aber dafür habe ich jetzt kein Verständnis. Ich muss mich um die Wohnung und die Beerdigung kümmern. Es war eigentlich echt nett von Mina, mir zu helfen mit den Blumen. Sie hätte es nicht gemusst.

„Mach's gut. Bis bald. Und danke, dass du mir mein Akku gebracht hast!", rufe ich ihr noch hinterher. Mina dreht sich nicht mehr um und fährt recht schnell los.

9

Himmel hoch jauchzend und zu Tode betrübt

Im Wohnzimmer fehlen mir die zwei Kartons. Es fühlt sich an, als hätte ich etwas verloren. Schon wieder. Den Gedanken kaum ausgedacht, finde ich mich auf dem Boden heulend wieder. Als ich mich endlich beruhigt habe, begreife ich, dass es Zeit ist loszulassen. Ich beginne Sachen wegzuschmeißen. Manches tut echt weh im Herzen, aber neutral daran zu gehen ist das Beste. Drei Stunden später ist das Wohnzimmer fertig. Viele Tüten und Kartons stehen herum. Im Grunde sind hier nur noch die Möbel das Problem. Mal schauen, wie ich das mache. Mein Telefon klingelt und reißt mich aus den Gedanken. Ich schaue aufs Display. Es ist Yannik. Oh nee, nicht schon wieder!

„Ja hallo. Was gibt's denn?"

„Ich will mal fragen, ob wir was zusammen essen sollen. Ich habe ja schon länger nichts von dir gehört. Wie geht es dir? Brauchst du Hilfe?"

„Das ist nett, aber ehrlich gesagt habe ich schon gegessen, Pizzabrötchen.

Aber wenn du schon so fragst, ich könnte tatsächlich die Tage Hilfe gebrauchen mit den Möbeln. Würdest du mir da helfen? Ich werde den Wertstoffhof anrufen und um Abholung bitten. Meine Befürchtung ist nur, dass ich keinen so zeitnahen Termin bekomme. Aber das sehen wir dann."

„Klar helfe ich dir. Meine Aussagen sind ernst gemeint. Wir sind beste Freunde und auch wenn wir uns ein wenig aus den Augen verloren haben, bin ich in der schweren Zeit für dich da."

„Danke, echt nett von dir, dass du mich nicht fallen lässt. Hast du vielleicht Lust auf ein Bier vorbeizukommen? Bringst du welches mit? Ich habe nichts hier."

„Gerne, bis gleich", antwortet Yannik eilig, als ob er schon auf dem Sprung ist.

„Ciao!", rufe ich noch ins Handy.

10

Mina und ihre Gefühle

Auf dem Weg nach Hause muss ich die ganze Zeit weinen. Das ist ziemlich gefährlich, denn ich sehe nicht immer klar und es ist ziemlich voll auf der Autobahn. Immer wieder versuch ich mich zu beruhigen, aber ohne Erfolg. Ich beschließe an einem Rastplatz eine kleine Pause zu machen, um etwas herunter zu kommen. Ich lasse den Tag im Kopf Revue passieren und ich muss schmunzeln. Mir kommt der Spruch in den Kopf. *‚Weine nicht, weil es vorbei ist, sondern lächle, weil es schön war'*. Trotzdem fühle ich mich schlecht. Das Herz tut weh und ich hoffe inständig, dass es nicht wirklich schon wieder vorbei ist mit Tom. Positiv denken ist jetzt angesagt. Optimistischer als noch Minuten zuvor gebe ich wieder Gas und fahre auf die Autobahn weiter nach Köln.

In der WG angekommen, treffe ich auf Maximilian, der allein zu Hause ist.

„Hi, was machst du denn noch hier?"

„Mina! Da bist du ja schon wieder. Ich habe dich eigentlich morgen erst erwartet. Ja, ich habe heute eine Stunde später erst Schicht."

„Ja, eigentlich hatte ich mir das auch so ausgedacht. Aber es ist besser Tom erst mal allein zu lassen." Ich senke den Kopf.

„Was ist passiert? Warum schaust du so traurig?"

„Ist Amely hier?", flüstere ich.

„Nein. Warum?" antwortet Maximilian leise.

„Es ist etwas passiert. Tom und ich sind jetzt eigentlich ein Paar." Mina hebt ihren Kopf und strahlt über das ganze Gesicht.

„Wow, super. Das freut mich für euch. Es wurde auch höchste Zeit. Aber irgendwas ist noch, oder?"

„Ja, er ist andauernd weggerannt vor mir. Er ist nicht bereit, sein Leben mit mir zu teilen. Ich glaube, es ist doch die falsche Zeit für so etwas. Ich habe es mir so schön ausgedacht. Tom ist ähnlich wie ich. Wir können gut miteinander reden. Wir haben den gleichen Süßigkeiten Geschmack und Kleidungstechnisch ist er genauso leger gekleidet, wie ich. Das ist doch eine gute Basis, oder?

„Mensch Mina, ja es ist eine gute Basis worauf ihr aufbauen müsst. Aber Tom hat seinen Vater verloren. Er braucht Zeit das zu verstehen und zu verarbeiten. Er braucht dich und vor allem, er liebt dich. Ganz bestimmt. Gib ihm Zeit!"

„Ja, es ist besser, ihn vorerst in Ruhe zu lassen, auch wenn es mir wehtut."

„Aber warum fragtest du eben nach Amely?"

„Ja, ich möchte Amely noch nichts davon erzählen. Sie regt sich nur künstlich darüber auf."

„Ah verstehe. Bitte Mina, nimm es dir nicht so zu Herzen."

„Vielleicht hast du recht. Er braucht Zeit alles zu regeln und zu verstehen. Hast du noch einen Moment Zeit, mir zu helfen?"

„Klar, was gibt es?", fragt Maximilian.

„Tom hat mir zwei große Kartons mitgegeben mit Erinnerungen. Könntest du mir helfen, die in sein Zimmer zu tragen?"

„Cool, Muckibude gespart", schmunzelt Maximilian.

„Ja, so kann man es auch sehen." Im Treppenhaus kommt Amely uns entgegen und wundert sich.

„Wo warst du heute? Du hast nicht mit uns gefrühstückt und zum Mittag warst du auch nicht da."

„Ja, ich habe etwas zu erledigen gehabt. Sorry, habe vergessen Bescheid zu sagen."

„Alles gut. Ich habe mich nur gewundert, der Käfer war auch weg."

„Ja, den habe ich mir geliehen." ich drehe mich wieder um und folge Maximilian hinunter zum Auto, um Amelys Kreuzverhör zu entfliehen.

„Max, bitte sag Amely nichts davon. Ich möchte es ihr irgendwann lieber selbst erzählen."

„Ja, warum sollte ich. Es ist euer Ding."

Maximilian verlässt die Wohnung, um zur Arbeit aufzubrechen. Ich bekomme Hunger. Aber eigentlich bin ich auch ziemlich müde. So entscheide ich mich nur für ein schnelles Müsli. Macht satt und ist gesund! Nicht unbedingt am Abend wegen der Kohlenhydrate, aber egal. Ich mache es mir auf dem Sofa gemütlich und schalte den Fernseher ein. Plötzlich Kopfkino. Die Szene: Unser erster Kuss auf diesem Sofa. Es war so schön und aufregend. Eigentlich wollte ich auch schon mehr. Aber da musste ich immer an Amely denken. Tom schmeckt so gut, einfach nach mehr. Seine Zunge ist zart und kontrolliert. Oh Hilfe, mein Herz pocht so stark. Ich liebe ihn!

„Mina, Mina …?", ruft Amely mich plötzlich.

„Ja, was ist denn?"

„Hast du mir zugehört?"

„Entschuldige, ich war in Gedanken."

„Ja, das habe ich gesehen. Du strahlst nur so vor Glück. Wer ist es?"

„Wie?" Oh nein! Sie merkt, dass es mir gut geht und schließt sofort daraus, dass es mit einem Mann zu tun hat. Was mache ich denn jetzt? Shit!

„Du kannst mir nicht verheimlichen, dass es sich um einen Typen handelt. War er der Grund für deine überraschende Abwesenheit?"

„Ja, es geht um einen Mann. Aber es ist noch nichts spruchreif. Also schweige und genieße ich meine Träumereien lieber allein. Entschuldige."

„Boar, das ist fies. Bitte! Nur ein bisschen. Wie sieht er denn aus? Woher kennst du ihn und wie heißt er vor allem?"

„Ich kenne ihn von der Uni. Mehr verrate ich dir nicht. Was wolltest du eigentlich von mir eben?"

„Ich wollte dich fragen, ob wir nächste Woche zusammen mal shoppen gehen?"

„Eigentlich kann ich dir das noch nicht so sagen, weil … Ich habe ja ziemlich viel Stress wegen meinem Abschluss. Aber vielleicht ergibt sich ja etwas Zeit."

„Okay, dann gib mir einfach Bescheid. Gute Nacht, ich drücke dir die Daumen, dass deine Prüfungen gut laufen. Ich gehe schlafen. Bis morgen." Amely nimmt mich in den Arm, bevor sie in ihr Zimmer geht.

„Gute Nacht. Schlaf gut. Und danke!"

So, drei Prüfungen habe ich hinter mir. Plötzlich kommt mir Tom wieder in den Sinn. Ich frage mich, wie es ihm geht und ob er zurechtkommt so allein. Alle sind aus der WG ausgeflogen. Ich werde es genießen. Das habe ich nicht so oft. Die Kaffeemaschine mahlt inzwischen die Bohnen und ich schnappe mir mein Handy. Der Kaffee ist fertig und setze mich auf den Balkon. Das Wetter ist heute so herrlich. Die Sonne scheint und es sind noch erträgliche 25 Grad. Perfekt, für einen chilligen Augenblick auf dem Balkon. Echte Ruhe. Mal schauen. Vielleicht fange ich ein neues Buch an. Ich habe noch so viele Schätzchen in meinem Bücherregal. Die meisten sind Liebesromane. Kein Wunder, dass ich auf Romantik stehe.

Shit, jetzt muss ich an Tom denken. Soll ich ihn anrufen oder doch nur schreiben? Schreiben ist, glaube ich, besser. Dann kann er selbst entscheiden, wann er zurückschreibt. Oder vielleicht schreibt er nicht zurück. Nein, solche Gedanken kommen dir jetzt nicht, mache ich mir selbst Mut. Ich nehme mir das Handy und tippe los.

Lieber Tom,

kommst du zurecht? Kann ich dir irgendwie von Köln aus helfen? Es wäre eine Abwechslung zu meinem Lernen. Außerdem möchte ich mich für den schönen Tag bedanken. Es war sehr schön, die Zeit mit dir verbracht zu haben. Mein Verlangen nach dir, ist so groß. Ich hoffe, wir sehen uns bald wieder.

In Liebe
Mina*

Kaum die Nachricht abgeschickt, denke ich noch mal über den Text nach. Nein, damit setze ich ihn nicht unter Druck. Alles ganz easy finde ich. Jetzt heißt es auf eine Antwort warten. Ich gehe in mein Zimmer, hole mir ein Buch und setze mich auf dem Balkon. Ich beginne zu schmökern, aber irgendwie kann ich mich nicht konzentrieren und lege das Buch doch wieder an die Seite. Da kommt mir der Gedanke, dass Tom doch nun das genaue Datum der Beerdigung wissen muss. Vielleicht lässt es sich ja einrichten, dass ich ihn bei diesem schweren Weg begleiten kann. Ich nehme mir erneut das Handy.

Hallo Tom,

ich noch mal. Ach, das weißt du ja. Wann ist denn die Beerdigung deines Vaters? Ich würde gerne dabei sein und dich unterstützen, natürlich nur, wenn du es möchtest. Gib mir doch bitte Bescheid.

Ich muss viel an dich denken und an deine zärtlichen Hände.

In Liebe
Mina*

Kaum ist die Nachricht abgeschickt, kommen Maximilian und Amely zur Tür hinein. Ich komme vom Balkon hinein und begrüße die zwei.

„Hi, ihr zwei! Habt ihr Lust an den Rhein zu fahren und etwas essen zu gehen? Oder trinken. Ich muss hier mal raus."

„Ja gerne. Worauf hast du denn Lust?", fragt Amely.

„Ja, da bin ich dabei. Muss mich nur kurz umziehen und duschen vom Sport", antwortet Maximilian.

„Was haltet ihr von der ‚Clownerie'? Da kann man gut bürgerlich essen, aber auch etwas gut trinken."

„In Ordnung", antworten Amely und Maximilian zugleich. Max ist schon auf dem Weg zur Dusche und möchte sich beeilen.

„Was ist denn los?", fragt Amely, weil sie denkt, dass etwas mit mir nicht stimmt.

„Nichts. Ich habe nur schon die Woche drei Prüfungen hinter mich gebracht. Es ist gut, mal rauszukommen."

„Okay, du weißt, du kannst immer mit mir reden. Apropos. Hat Tom sich mal gemeldet bei dir?"

„Bei mir? Warum ausgerechnet bei mir?"

„Ja, der steht doch auf dich. Lass dich nur nicht von ihm ein dusseln. Du hast etwas Besseres verdient als so einen."

„Also. Wen ich als Freund nehme, ist immer noch meine Entscheidung. Und ich glaube, er hat momentan auch ganz andere Sorgen als nach mir Ausschau zu halten. Er steht nämlich ganz allein da. Und warum fragst du?"

„Weil ich gerne mal sein Auto ausleihen möchte. Aber wie du weißt ist das Verhältnis zwischen uns nicht so toll und da habe ich gedacht, du könntest ihn für mich fragen."

„Sag mal, geht's noch? Ich bin doch nicht deine Mutti. Das machst du mal schön selbst!"

„Warum reagierst du so aggressiv? Ist ja schon gut."

„Du musst deine Probleme selbst lösen und nicht immer mich als Läufer losschicken. Ich habe es einfach satt, ständig für andere ihr Zeug zu regeln", gehe ich empört in mein Zimmer und schließe dir Tür hinter mir. Amely folgt mir und lässt es nicht einfach auf sich sitzen. Sie knallt die Tür wieder auf, sodass diese gegen meinen Schreibtisch donnert und ein Bild umfällt. Das Glas des Rahmens springt in tausend Teile.

„Ach, ständig? Wann hast du mal in letzter Zeit etwas Schönes mit mir gemacht? Du warst doch in letzter Zeit mehr mit Tom unterwegs ihm einen Job besorgen und überhaupt, alles dreht sich nur noch um Tom. Ja! Ist Scheiße, dass sein Vater gestorben ist. Aber der Mann, na wenn man ihn überhaupt so betiteln kann, ist 22 Jahre alt. Wach auf, Mina! Der braucht keine Mutti wie dich. Der schafft das auch allein", schreit mich Amely wie eine Furie an. Das lasse ich nicht einfach so im Raume stehen. Ich gehe auf Amely, bis auf 10 Zentimeter, zu. Sie hat mich jetzt echt in Rage gebracht.

„Sag mal, spinnst du jetzt total? Tom ist nach Köln gekommen, um zu studieren. Er kennt sich hier nicht ein Stück aus und Freunde hat er hier auch keine. Dann stirbt sein Vater, der einzige Mensch, der aus seiner Familie noch lebt und du hast nichts Besseres zu tun, als eifersüchtig zu sein? Weißt du was, danke für den tollen Abend", daraufhin schupse ich Amely aus meinem Zimmer und knalle ihr die Tür vor die Nase zu. Das ist zu viel für mich. Ich knalle mich aufs Bett und beginne vor lauter Wut zu weinen.

Mitten in der Nacht um 2:30 Uhr bin ich aufgewacht, habe mir sofort das Handy geschnappt und geschaut, ob ich eine Nachricht darauf finde. Tatsächlich!

Liebe Mina,
schön, dass du dich meldest. Ich musste an dich denken. Es tut mir leid, wie ich mich verhalten habe. Ich möchte dich nicht verlieren. Übrigens, die Beerdigung ist morgen um elf.

Bis bald
Tom

Habe ich alles? Sehe ich angemessen dem Anlass aus? Ja, ich glaube schon. Ok, dann will ich mal los. Auf dem Weg in den Flur kommt mir Maximilian entgegen.

„Wo willst du denn hin? So in schwarz gekleidet. Sag nicht, du fährst zu Tom?", fragt er ganz leise um Amely nicht aufzuwecken.

„Ja genau. Sein Vater wird heute beerdigt. Ich möchte ihm beistehen. Ob er das will, ist mir egal. Bitte sag nichts Amely. Ich werde zum Abend zurück sein."

„Ich sag nichts, denn ich möchte mit. Hast du noch fünf Minuten, dann ziehe ich mich eben an. Ich muss nur um 20 Uhr arbeiten. Schaffen wir das?"

„Klar. Das finde ich echt toll. Danke Max." Ich drücke ihn kurz, bevor er sich umziehen geht.

11

Der schwere Tag

Da sitze ich ganz allein in der ersten Bank und schaue auf die schwarz-silberne Urne. Der Kranz ist wie gewünscht und ausgesucht von Mina. Es passt zu meinem alten Herrn. Mina hat recht gehabt. Mein Brustkorb zieht sich zu. Ich bekomme schlecht Luft und muss bitterlich weinen. Es ist nicht zu verstehen.

Ohne es zu merken, kommen Mina und Maximilian hinter mich, sie drücken mich und halten mir ein Taschentuch hin. Sie sprechen nicht mit mir, sondern sind einfach nur da. Es tut gut. Im Anschluss höre ich noch weitere Schritte in der Kapelle. Es sind Yannik und seine Mutter. Und auch andere sind gekommen. Nachbarn und auch alte Kommilitonen. Ich kann es kaum glauben. Ich dachte immer, ich bin allein.

Die kleine Messe ist kurz gehalten. Ich wusste nicht genau, was der Pfarrer sagen sollte, als er mich zu Hause besucht hat. Aber er schmückt es gut aus. Das Lied, das ich ausgesucht habe, wird am Ende der Messe gespielt. Kaum höre ich die samtene Stimme von Elvis, strömen meine Tränen noch mehr. Ich habe das Gefühl, mein Vater ist bei mir. Ein Sonnenstrahl fällt durch das Kapellenfenster.

Dann ist es soweit. Der Weg zum Grab. Ich nehme nichts mehr um mich herum wahr. Am Grab angekommen, wird die Urne von meinem Vater in das ausgehobene Loch abgelassen. Ich beginne fürchterlich zu weinen und zu schreien.

„Neeeeeiiiin, Papa lass mich nicht allein!", Mina und Maximilian halten mich. Es ist mir zu viel, und ich stoße sie weg. Ich lasse mich auf meine Knie fallen und vergrabe mein Gesicht in den Händen.

Bei den Beileidsbekundungen merke ich erst, dass doch so viele gekommen sind, um von meinem Vater Abschied zu nehmen.

Ich bin froh, wenn es vorbei ist. Kaum ist der Letzte an mir vorüber, verlasse ich den Friedhof, reiße mir die Krawatte ab und schnaufe sehr schwer. Es dauert nicht lange und ich muss stehen bleiben.

Mina und Maximilian sind mir gefolgt und verstehen anscheinend nicht, was los ist.

„Tom, was ist los? Warum rennst du so schnell?"

„Boar, bitte lasst mich in Ruhe. Fahrt nach Hause. Nett, dass ihr gekommen seid, aber jetzt möchte ich einfach nur nach Hause. Wir sehen uns in Köln."

Daraufhin gehe ich sofort wieder los.

„Tom, bleib stehen!", ruft Mina.

„Was? Lass mich einfach gehen. Keiner versteht mich. Auch du nicht, Mina, sonst würdest du nicht darauf pochen, mit mir reden zu wollen. Ich danke euch wirklich, dass ihr da wart. Ich habe es aber gerade schon mal gesagt: Ich möchte jetzt meine Ruhe und wir sehen uns in Köln. Bitte Mina! „Ich drehe mich herum und gehe. Mina und Maximilian lassen mich ziehen.

12

Heimfahrt

Maximilian und ich fahren zurück nach Köln und fassen es nicht. Wir sprechen im Auto kein Wort mehr darüber und lassen uns das Ganze noch mal Revue passieren. Kurz vor Köln bricht Maximilian plötzlich das Schweigen.

„Was ist bloß in ihn gefahren? Ich verstehe es nicht. Er war nicht einmal mehr bereit, sich anständig zu verabschieden."

„Ja, und genau dasselbe oder so ähnlich habe ich auch schon erlebt als ich ihm das Akku gebracht habe. Es legt sich plötzlich ein Schalter um. Als ob man ihn stört oder wir Feinde sind."

„Aber weder das eine noch das andere wollen wir von ihm. Wir wollen doch nur helfen oder für ihn da sein."

„Wenn er uns so behandelt, dann ganz ehrlich, dann halt nicht. Ich muss mich auf meine letzte Prüfung konzentrieren und kann mir nicht mit so etwas den Kopf zerbrechen. Anderes Thema. Max, schau auf die Uhr! Du hast noch genug Zeit, etwas zu essen und dich dann fertigzumachen, wie ich versprochen habe. Wir sind pünktlich zu Hause!"

„Ja, Mina. Du hältst immer deine Versprechen. Da kann man sich echt auf dich verlassen. Danke!", und plötzlich gibt Maximilian mir einen Kuss auf die Wange.

„Oh danke." Verlegen halte ich meine Wange, wo der kleine Kuss gelandet war. In Gedanken versunken gehen wir nach oben in die Wohnung. Kaum drin liegt mir auf der Zunge, Maximilian etwas zu wünschen.

„Ich wünsche dir eine angenehme Schicht und sag bitte nichts Amely."

„Jetzt verspreche ich dir was, versprochen."

Wir zwinkern uns noch zu und dann gehe ich in mein Zimmer, Max in seines. Amely scheint nicht da zu sein. Vielleicht hat sie es gar nicht wirklich mitbekommen. Ich pfeffere meine schönen, schwarz glänzenden Pumps in die Ecke und schmeiße mich aufs Bett. Ich beginne zu weinen.

13

Veränderung

Die letzte Prüfung steht heute an. Ich bin besonders unruhig, weil mir das Thema nicht so liegt. Das war immer mein Hassfach. Aber das Leben ist ja kein Ponyhof habe ich gesagt. Ich versuche die Nervosität zu überspielen, indem ich meine Gedanken zu etwas anderem lenke, bis die Prüfung beginnt. Eine Abschlussparty muss heute sein. Wer könnte alles kommen und was soll mitgebracht werden? Es soll eine Mitbringsel-Party werden, denn es könnte sonst schnell ausufern. Durch Mundpropaganda verdoppeln sich plötzlich die Gäste.

Mist, es geht los. Der Lehrer betritt den Raum, und da ertönt auch schon der Gong.

Zu Hause angekommen überlege ich, was ich eigentlich zur Party beisteuere. Ach, ich könnte kleine Fingerfood-Häppchen machen. Ich hoffe nur Amely und Maximilian haben nichts dagegen. Eigentlich habe ich jetzt schon mal Durst und steuere auf den Kühlschrank zu. Der ist bis oben hin voll mit Alkohol. Darunter sind allerlei Schnapssorten. Essbares wie

Zitronen, Fleisch und Würstchen, Käse, ach und noch so einiges mehr. Ich nehme mir ein Fläschchen. Ich drehe den Verschluss auf und stecke diesen natürlich erst nach dem berühmten Klopfen auf meine Nasenspitze. Dann versuche ich es weg zu pusten und hoffe, dass er weit weg landet. Oh, eine Stunde noch! Ich sollte anfangen, das Fingerfood vorzubereiten. Ich denke an Tom. Ich mache mir Gedanken über ihn. Ich vermisse ihn und seine sinnlichen Lippen. Wie mag es ihm gehen?

Boar, der sollte mir eigentlich doch egal sein. Der Scheißkerl hat mich wie den letzten Dreck behandelt.

Fingerfood. Als ich fertig bin, gehe ich noch schnell in mein Zimmer, um mich partytauglich zurecht zumachen. Ich möchte heute auf die Kacke hauen, denn ich bin endlich fertig mit meinem Studium! Jetzt beginnt das Leben, denke ich mir.

Maximilian und Amely kommen nach Hause und sind erstaunt, was ich schon alles allein geschafft habe. Die Wände und Türen sind mit Partyschlangen und Luftballons dekoriert. Die Musik läuft, der Alkohol und auch das Essen steht parat. Die Gäste können jetzt kommen.

„Mina! Wo steckst du?", ruft Amely.

Ich komme aus dem Bad. Maximilian und auch Amely starren mich mit offenem Mund an.

„Was denn? Warum schaut ihr so? Ich habe richtig Lust auf Party!"

„Du sieht toll aus, mega", stottert Maximilian vor sich hin.

„Ja, Max hat es auf dem Punkt getroffen. Du siehst toll aus, Mina. Wir haben dir etwas besorgt zu deinem Abschluss. Das wirst du für deine Zukunft bestimmt gebrauchen können. Pack schon aus!"

„Ihr seid doch wahnsinnig. Das hättet ihr doch nicht machen müssen. Aber gut überredet, ich packe aus. Wow, eine Tasche! Die ist aber hübsch und vor allem so weich. Ist das Echtleder?"

„Ja, ist es. Bei der Farbe wussten wir nicht hundertprozentig, ob es dir gefallen könnte. Deswegen haben wir den Kassenbon aufbewahrt."

„Der hellbraune Farbton ist doch sehr schön! Genauso eine wollte ich schon immer haben. Vielen Dank!", und ich umarme beide gleichzeitig. Leider passiert dabei ein Missgeschick. Alle drei Köpfe knallen aneinander und ich höre nur noch „Autsch!"

Am nächsten Morgen als ich aufwache, habe ich solche Kopfschmerzen. Der Abend oder besser gesagt die Nacht, war doch etwas heftiger als gedacht. So viel Alkohol habe ich noch nie getrunken. Shit, das habe ich jetzt davon, denke ich. Ich stehe auf und torkele in die Küche. Dort angekommen bekomme diesmal ich meinen Mund nicht mehr zu. Warum musste es so ausufern?

Auch Maximilian erwacht. Auf dem Weg in die Küche hält er sich seinen Schädel.

„Morgen. Oh Shit! Was ist denn hier passiert? Waren wir das?"

„Ja, ich befürchte. Brauchst du auch eine Kopfschmerztablette? Ohne die schaffe ich den Tag nämlich nicht."

„Natürlich brauche ich auch eine.

Was glaubst du, wie geht es Amely? Sie ist ja viel früher in ihr Zimmer verschwunden. Es ist einfach nicht ihre Welt mal abzufeiern. So ein Mauerblümchen", grinst Maximilian dabei und schaut mir direkt in die Augen. Was ist los mit ihm?

„Ich habe noch nichts gehört, geschweige denn gesehen. Ja, Amely hat sich echt verändert. So traurig. Früher war sie anders. Aber das war auch echt mies, was der Typ mit ihr abgezogen hat. Anderes Thema. Kannst du dich an etwas erinnern von dieser Nacht?"

„Nur Bruchstücke muss ich gestehen. Aber es ist die geilste Party ever gewesen. Und das Beste ist, du bist endlich fertig!" Maximilian streckt seine Hände in die Höhe.

„Ja, ich bin fertig!", tänzele ich vor Maximilian herum. In dem Moment kommt Amely um die Ecke.

„Habt ihr immer noch nicht genug? Meine Güte, es hat doch echt gereicht."

„Amely, was ist jetzt schon wieder dein Problem? Ich verstehe ja, dass Party nicht deins ist, aber das heißt nicht, dass ich so sein muss wie du!", gebe ich etwas sauer zurück. Dabei schüttele ich den Kopf unfassbar.

„Ich habe kein Problem, außer dass ich wegen der Party nicht schlafen konnte. Aber ist schon ok. Ich werde mich wieder in mein Zimmer verkrümeln und feiere du mal schön weiter", mosert Amely. Maximilian hat keine Chance, etwas zu sagen, denn Amely ist schon weg.

„Komm, wir räumen das Chaos hier auf. Ich helfe dir. Zusammen geht es bekanntlich schneller. Und wir können uns dann auch wieder hinhauen", zwinkert Maximilian mir zu.

„Danke, das ist nett von dir." Nach der Aufräumaktion sind wir beide in unsere Zimmer zum Ausruhen gegangen. Ich mache mir Gedanken über dieses Zwinkern von Maximilian. Er wird sich doch nicht in mich verliebt haben? Nein, wir haben doch nicht etwa rumgeknutscht gestern? Bitte, bitte nicht!

Ich muss versuchen, mich daran zu erinnern oder vielleicht Maximilian fragen. Es lässt mir keine Ruhe und ich komme deswegen nicht in den Schlaf. Ich stehe wieder auf und gehe in meinem Zimmer auf und ab. Mein Leben gerät gerade echt aus den Fugen. So bin ich gar nicht! Ja, aber eigentlich, wie bin ich denn? Ich hatte Spaß gestern. Und ein wenig knutschen ist grundsätzlich nicht schlimm, wenn es überhaupt passiert ist. Also kein Grund zur Panik. Ich weiß nicht, ob Tom und ich überhaupt noch ein Paar sind, denke ich mir plötzlich. Daraufhin lege ich mich wieder hin und versuche zu schlafen. Im Schlaf beginne ich zu zittern und zu schwitzen. Abrupt werde ich wach. Ich möchte aufstehen, bekomme es aber nicht hin.

„Amely!", versuche ich zu schreien. Es kommt aber nicht so laut aus mir heraus.

„Amely!

Maximilian!"

Dann fällt mir das Handy ein. Ich bekomme es mit der Angst zu tun. Ich wähle die Nummer von Amely. Tut, tut, tut, tut …

„Mina, was gibt es denn?"

„Du musst sofort in mein Zimmer kommen. Ich brauche Hilfe!"

Amely legt sofort auf und stürmt in mein Zimmer.

„Mina, was ist los mit dir? Du bist kreidebleich und zitterst?"

„Weiß nicht. Mir ist komisch. Bitte hilf mir!"

„Ich hole Max!", Amely stürmt zu Maximilians Zimmer.

„Max komm Mina braucht uns. Schnell!"

„Was ist los?", und steht währenddessen auf.

„Mina, sie ist kreidebleich und zittert. Sie fühlt sich komisch." erklärt Amely. Beide stürmen zu Mina.

„Mensch Mina, was machst du denn für Sachen? Hast du was Falsches gegessen? Brauchst du einen Eimer? Ich hole dir ein Glas Wasser!" Maximilian geht zum Schreibtisch, denn da steht das Glas von Mina.

„Nein, ich habe nichts gegessen. Mir ist so komisch. Und kalt, aber zugleich heiß. Ich kann nicht laufen.

Danke!", ich trinke einen Schluck Wasser aber mir wird immer unwohler.

„Ich ...", ich versuche etwas zu sagen, aber vor lauter zittern, kommt kein Ton mehr aus mir heraus.

Maximilian nimmt meine Beine und hält sie hoch. Er glaubt, dass mein Kreislauf versagt.

Amely deckt mich und auch ein wenig Maximilian mit der Decke zu, weil ich so bibbere.

„Shit! Amely ruf einen Krankenwagen mit Arzt!"

„Mina, Mina, Mina!", ruft Maximilian die ganze Zeit, höre ich in weiter Ferne, bevor ich komplett nichts mehr mitbekomme.

„Amely! Und kommt der Krankenwagen? Sie kommt nicht zu sich. Wir müssen was tun. Hol du bitte einen eiskalten Waschlappen. Ich drehe sie in der Zwischenzeit zur stabilen Seitenlage."

„Ja, der kommt." Amely rennt los, den Waschlappen holen.

„Amely, geh hinunter und mach den Krankenwagen auf dich aufmerksam, damit die Sanitäter es schneller finden!"

„Ja, mach ich! Hoffentlich können die schnell helfen. Ah, ich höre schon was. Ich renne schnell hinunter!

14

Mit einer Lüge aufgewachsen

Ich verstaue die letzten Sachen in Kartons. Es ist ein mieses Gefühl, die Wohnung leer zu räumen. Ich bin hier in dieser Wohnung groß geworden. An jeder Ecke überwältigen mich Erinnerungen. Mein Vater und ich haben so einiges erlebt. Die Gestaltung des Balkons war jedes Jahr ein Thema. Wir haben unterschiedliche Geschmäcker bei Blumen und anderen Dingen. Ohne Diskussionen brauchte man nicht hoffen, aber wir haben irgendwann einen Kompromiss gefunden. Wir wechselten uns jedes Jahr ab, wer die Blumengestaltung übernahm.

Die Spielkonsole-Abende waren auch immer lustig. Keiner wollte bei Autorennen verlieren. Wir lachten uns kaputt, über die Schäden an den Rennautos, die wir bei den nicht ganz korrekten Fahrten verursachten. Erinnerungen an meine Mutter habe ich dagegen nur sehr wenige und zu schwammig. Verdammt noch mal, warum habe ich meinen Vater nie danach gefragt? Wie war sie, was war ihre Lieblingsfarbe und ihr Leibgericht? Und hat sie mich geliebt? Kaum habe ich den Gedanken ausgedacht, schon liefen die Tränenbäche erneut los. In meinem

Bauch ist so viel Wut. Mein Vater hätte mir mehr über sie erzählen müssen. Er hat es nie getan. Mensch Papa, jetzt kann ich dich nicht mehr fragen, schreie ich mit Blick nach oben Richtung Himmel. Ich schluchze einige Zeit, bis es klingelt.

Es ist Yannik.

„Hi! Alles gepackt?"

„Ja, alles fertig für morgen, ich bin zur Abfahrt bereit."

„Okay, dann komm. Meine Mutter hat leckeren Kartoffelauflauf gemacht. Das darfst du dir nicht entgehen lassen!"

„Dann lass uns los!"

Nachdem leckeren Essen erzählt mir plötzlich Frau Suller, dass sie meine Mutter gut gekannt hat. Sie waren befreundet.

„Was können Sie mir erzählen über meine Mutter? Ich möchte alles wissen."

„Tom, erst mal, ich bin Anne." Frau Suller hält mir ihre Hand entgegen. Ich nehme es an.

„Okay, Anne."

„Deine Mutter war eine tolle und sehr hübsche Frau. Sie hatte schulterlange braune Haare. So wie du. Sie war schlank. Bevor du da warst, ging sie gerne mal aus. Das Leben ändert sich mit einem Baby und das hat deine Mutter rasch gemerkt. Anfangs hatte sie

Wochenbettdepressionen. Es war ihr alles zu viel. Dein Vater versuchte, was ihm möglich war, doch irgendwann war es auch für ihn zu viel. Er ging ja arbeiten und musste teilweise Haushalt und dich übernehmen. Irgendwann haben sich beide mit der neuen Lebenssituation arrangiert. Deine Mutter fand ihr Lächeln zurück und das sah man auch in ihrer äußerlichen Erscheinung. Sie machte sich wieder chic. Sie vereinbarte mit deinem Vater, dass sie einen Tag in der Woche ausgehen wollte. Entweder mit ihm oder allein mit Freundinnen."

„Und klappte es? Ich meine, anscheinend half es meiner Mutter."

„Ja anfangs schon. Es war zwar schwierig, immer etwas gemeinsam mit deinem Vater etwas zu unternehmen, denn er ist kein geborener Tänzer. Aber das weißt du ja. Dies bedeutete das die Vielfalt der Unternehmensmöglichkeiten eingeschränkter war. Die wöchentlichen Dates verringerten sich wieder etwas und deine Mutter wirkte traurig.

Sie stürzte sich aber in den Haushalt und die Mutterrolle. Ach Tom, sie liebte dich so sehr. Im Alltag mit deinem Vater abends wurde es schlechter. Beide stritten viel miteinander. Worum es da ging, weiß ich nicht. Ich weiß nur, dass deine Mutter ein paarmal hier geschlafen hat. Du bist aber gut aufgewachsen. Der Kindergarten machte dir Spaß.

Du hattest keine Probleme. Als du fünf Jahre alt warst, wuchsen die Anforderungen. Die Schule war ein Thema und damit mehr Termine und Förderungen die für dich wichtig waren. Das blieb an deiner Mutter hängen, da dein Vater arbeiten war. Somit wurde es eine Zeit lang stressiger. In dieser Zeit ist deine Mutter ausgegangen, um mal Abstand zu bekommen. Sie ... Sie scheint da einen Mann kennengelernt zu haben."

„Stopp! Du willst mir jetzt nicht erzählen, dass meine Mutter eine Affäre mit einem anderen Mann hatte?"

„Leider schon. Ich habe vergeblich versucht sie zur Vernunft zu bringen. Es ging nicht. Sie hatte sich offenbar ernsthaft in ihn verliebt."

„Das bedeutet, sie hat uns verlassen? Nein! Das kann nicht stimmen! Mein Vater erzählte mir, sie wäre an Krebs gestorben. Nur deshalb habe ich dieses Studium begonnen. Ich will in der Krebsforschung arbeiten. Nein, nein das kann nicht sein!" Ich stürme aus der Wohnung. In meinen Kopf bin ich total verwirrt. Mein Vater hat mir das anders erzählt. Warum nur? Ich verstehe das Ganze nicht. Jetzt soll meine Mutter eine Affäre gehabt haben und uns verlassen haben? Nein das hätte sie nicht getan. Sie hätte mich doch nicht allein gelassen. Sie liebte mich doch!

Nach den vielen Gedanken möchte ich noch mal zum Grab. Es ist bereits mit der gewünschten Platte geschlossen worden. Blumenschalen von Freunden und Bekannten schmücken das Grab. Ich stehe davor und rede mir meinen Schmerz von der Seele. Als ob mein Vater das hören kann.

„Papa! Stimmt es, dass Mama eine Affäre hatte und nicht an Krebs gestorben ist? Wenn ja, warum hast du … du mir nicht die Wahrheit gesagt?" Ich muss schlucken.

„Du hast mich angelogen, mein Leben lang! Jedes Mal habe ich dich angefleht, mir etwas über Mama zu erzählen. Du hattest genügend Chancen, mir die Wahrheit zu sagen. Mensch, ich verstehe es nicht und ich werde es auch niemals mehr von dir erfahren!"

Voller Wut verlasse ich das Grab und gehe zum Grab meiner Mutter. Ich bin ja gerade so in Rage, dann mach ich mal hier weiter, denke ich mir.

„Ich bin sehr enttäuscht von dir, Mama. Wieso hast du mich allein gelassen? Dein eigenes Fleisch und Blut. Das du vielleicht Papa verlassen hast, ok, aber dass du mich auch allein gelassen hast, verstehe ich nicht. Ja, vielleicht hättest du mich irgendwann geholt, aber auch das weiß keiner." Mir laufen die Tränen über die Wangen. Ich streiche sie wütend weg, drehe mich um und verlasse den Friedhof. Mein

Weg führt direkt wieder zu Yannik. Ich muss einfach noch den Rest erfahren. Auch wenn es wehtut.

Bei Yannik angekommen, stürme ich direkt zu seiner Mutter.

„Warum erzählst du mir das erst jetzt? Ich verstehe es einfach alles nicht."

„Dein Vater hatte damals sehr daran zu knabbern. Ich habe ihn nach dem Tod deiner Mutter sehr geholfen und ihn unterstützt. Dabei haben wir uns etwas angefreundet. Er wollte auf keinen Fall, deine Mutter ins schlechte Licht rücken bei dir. Du hattest es sowieso schon so schwer im Leben, ohne Mutter. Das du dann auch noch schlecht von ihr gedacht hättest in deiner Jugend, kam für deinen Vater nicht in Frage. Somit habe ich ihm versprochen, nichts zu verraten, solange bis du mich darauf ansprichst."

„Ah, mein Vater hat dich auch noch angestachelt, den Mund zu halten. Wahnsinn! Danke das du es mir zumindest jetzt erzählt hast. Gute Nacht, ich lege mich schlafen."

„Es tut mir wirklich leid, Tom. Schlaf gut."

Im Bett überlege ich noch einmal, ob ich alles erledigt habe. Die Schlüsselübergabe ist morgen früh, der Umzugswagen kommt auch, Strom und Telefon sind abgemeldet, der Keller ist leer. Ja, hört sich doch gut an. Es war gar nicht so einfach, all die Sachen in die Hände zu nehmen und auszusortieren, was ich mitnehme und an wohltätige Anlaufstellen und Schrotthandel verschenke. Leider kann ich nicht alles brauchen in meinem kleinen Zimmer. Es ist nicht mein Geschmack. Aber kleine Kommoden und verschiedene Kleinigkeiten kommen natürlich mit. Außerdem werde ich nicht ewig in einer WG wohnen und dann ist es nicht verkehrt, das eine oder auch andere schon zu haben. Dazu hat mir auch Anne geraten. Austauschen kann man immer noch, wenn man das nötige Kleingeld hat. Meine Mitbewohner werde ich noch fragen, ob im Keller Platz ist für ein paar Dinge, die nicht mehr in mein Zimmer passen. Mmh, das hätte ich vielleicht schon mal tun sollen, bevor ich morgen einfach damit anrücke. Aber wer weiß, ob die Sachen überhaupt ankommen, denn ich sage nur ‚*Piraten Umzüge'*. Jedes kleine Kind weiß wie Piraten so sind. Yannik ist so nett und fährt mit mir noch mal nach Köln, um zu helfen und auch damit wir gleichzeitig ankommen. Irgendwie habe ich es noch immer nicht so drauf mit Menschen in Kontakt zu treten. Daran muss ich echt arbeiten. Es kann nicht ewig so gehen. Es wird der Tag kommen, dann falle ich mit meiner Art noch auf die …

Der Abschied naht. Auch Anne ist gekommen um sich zu verabschieden. Sie hat mir angeboten, mich bei ihr zu melden. Sie hätte immer eine offene Tür und auch Ohr für mich. Es ist ein komisches Gefühl. Als ich das erste Mal ausgezogen bin, um nach Köln zu kommen, war es anders. Da gab es auch noch meinen alten Herrn. Ich wusste, da ist immer jemand, wo ich noch hinkonnte. Und jetzt ist niemand mehr da. Na ja, doch, Yannik, Anne und der Friedhof.

„Und können wir los? Schlüsselübergabe hat ja gut geklappt, es ist alles verstaut und die Piraten möchten jetzt auch los!", stellt Yannik klar.

„Ja, ich denke, dass wir loskönnen." Ich steige in das Auto. Weniger gut ist mein Bauchgefühl. Hier brechen jetzt alle Ufer. Allein zu sein, keinen Verwandten zu haben ist beängstigend. Andersherum habe ich auch meine Heimat verloren. Das Vertraute ist nicht mehr da. Ich muss mich jetzt auf mich konzentrieren und mir mein eigenes Leben aufbauen. Es wird nicht leicht werden. Ich freue mich aber auf Köln und vor allem auf Mina.

15

Der nächste Schock

Auf der Fahrt nach Hause kommt mir der Gedanke, Maximilian anzuschreiben und ihn vorzuwarnen, dass ich in circa einer Stunde eintreffen werde. Ich bitte ihn um Stillschweigen, denn ich möchte Mina überraschen. Sie hat mir dazu geraten, die restliche Zeit in Birkenfeld in Ruhe abzuklären und hat mir kein Druck gemacht. Sie ist so ein guter Mensch, ich möchte ihr etwas zurückgeben. Sie ist so verständnisvoll und voller Geduld. Ich habe noch nie so eine Person getroffen. Mina fasziniert mich mit ihrer Art und ihrem Strahlen. Mein Herz pocht wie wild, wenn ich an sie denke. Es fühlt sich an, als ob es jeden Moment hinaus springt. So intensiv habe ich noch nicht gefühlt.

„Yannik, kannst du nicht ein wenig schneller fahren?"

„Natürlich könnte ich das, aber dann kommen die Piraten nicht mehr hinterher."

„Ach stimmt. Die habe ich ja schon total vergessen." Ich grinse Yannik an. Meine Gedanken lassen mich nicht mehr klar denken. Es ist so viel geschehen. Ich muss das alles Stück für Stück verarbeiten.

„Yannik, ich möchte dich etwas fragen. Würdest du ihr Rosen mitbringen, wenn du so mies zu ihr warst? Ich möchte mich entschuldigen und ihr zeigen, dass ich es ernst mit ihr meine."

„Ja, das ist eine tolle Geste. Aber versetze dich jetzt mal in Mina. Was glaubst du, wie denkt sie über dich und eure Beziehung?"

„Mist! Ich habe ihr keinen Kuss gegeben oder sie umarmt beim letzten Besuch. Ich habe mich total freundschaftlich verhalten und selbst das noch nicht mal toll. Was mache ich, wenn sie nichts mehr mit mir zu tun haben will?"

„Ja, dann hast du schlechte Karten und es dir mit ihr verscherzt. Aber wenn meine Augen sich nicht täuschen, ist sie auch in dich total verliebt. Vielleicht ist sie sauer, aber ich denke, dass ihr das hinbekommt. Es war für dich auch eine miese Situation, die du für dich verarbeiten musstest. Vieles hat sich jetzt für dich verändert. Du hast auch einiges über die Vergangenheit erfahren. Das wirst du auch noch verarbeiten müssen. Du musst für dich lernen, deine Probleme nicht nur allein mit dir auszumachen. Es gibt Freunde in deinem Leben, die immer ein offenes Ohr für dich haben. Vielleicht nicht immer sofort bei jeder Situation, aber wenige Stunden später. Und das ist das Wichtigste. Du musst Vertrauen haben auf dein Umfeld."

„Ja, da hast du recht. Bis dato habe ich das meiste mit mir allein ausgemacht und versucht, durch das Leben zu kommen. Mein Vater war zwar da und hat mir immer geholfen, aber das ist jetzt leider auch vorbei. Also Rosen sind etwas übertrieben, aber andere Blumen sind gut. Danke Yannik für dein offenes Ohr."

Ich wundere mich, warum Maximilian mir nicht zurückschreibt. Mein Blick geht auf das letzte Mal ‚*online gewesen sein*'. Mmh, gestern online um 14.03 Uhr. Das ist aber ungewöhnlich. Na ja, vielleicht hat er sein Handy in der WG vergessen, anstatt es mit zur Arbeit zu nehmen.

Zu Hause angekommen klingele ich und hoffe, dass mir jemand aufdrückt. Kein Summen, na dann doch den Schlüssel. Wer weiß, wo die wieder alle stecken. Yannik hilft mir mit den Möbelpackern einen Teil in den Keller und den Rest in die Wohnung zu bringen. Sehr viel ist es ja zum Glück nicht. Es ist ein schönes Gefühl, wieder hier zu sein. Ich fühle mich direkt heimisch, obwohl es nicht meine Heimat ist. Nach Köln zu gehen war die richtige Entscheidung. Die Möbelpacker verabschieden sich und ich biete Yannik an, noch eine Nacht hierzubleiben. Aber nach dem Kaffee ist er wieder zurück nach Birkenfeld gefahren.

Da stehe ich mit den ganzen Sachen und beginne es in mein Zimmer zu räumen. Das Handy klingelt.

„Hallo Tom! Entschuldige, dass ich dir nicht zurückgeschrieben habe, aber ich bin im Krankenhaus. Da …"

„Wie, du bist im Krankenhaus? Was ist passiert?"

„Nicht ich, Mina."

Mir fällt fast das Handy aus der Hand vor lauter Schock.

„Was? Wo seid ihr? Ich komme sofort!"

„Wir sind im St. Vinzenz Krankenhaus in Köln Nippes."

„Ich komme. Schreib mir bitte noch das Zimmer, wo Mina liegt." Kaum ist das Gespräch beendet, schon renne ich den Autoschlüssel zu holen. Verdammt, wo ist der? Egal, ich rufe ein Taxi.

Im Krankenhaus angekommen suche ich die Etage und auch das Zimmer. Vorher bin ich im Kiosk gewesen und habe noch Blümchen mitgebracht. Ich stürme zum Zimmer. Kaum an der Tür angekommen, warte ich einen Moment und klopfe an. Ich höre ein leises Wort, drücke die Türklinke und schaue in das Zimmer. Maximilian und auch Amely sitzen neben dem Bett. Mina schläft anscheinend.

„Hallo", hauche ich leise. Mehr kommt nicht über meinen Lippen. Ich bin sprachlos. Meine schöne Mina wirkt im Bett so zierlich und zerbrechlich. Ich dachte, nichts und niemand könnte Mina umhauen, da habe ich mich getäuscht. Sie ist so tough mit ihrer Krankheit umgegangen und jetzt das.

„Maximilian, kommst du mal mit raus?"

„Klar."

Wir gehen ein paar Schritte und suchen gleichzeitig eine Vase für meine Blumen. Ich habe mich für gelbe Gerbera entschieden.

„Max, was ist passiert? Warum liegt Mina hier?"

„Ja, es ging alles so schnell. Am Freitag hatte Mina ihre letzte Prüfung. Und das wollte sie feiern. Ich meine sie hatte auch Grund genug dazu. Es war alles so anstrengend in letzter Zeit. Es war eine tolle Party bis in die frühen Morgenstunden. Am …"

„Ja, und dann? Komm bitte auf dem Punkt."

„Samstag so gegen elf räumten wir das Wohnzimmer auf und verkrochen uns schnell wieder in unsere Zimmer um weiter zu schlafen. Wir hatten beide Kopfschmerzen. Aber Mina schien es irgendwann nicht mehr gut zu gehen. Sie schwitzte und gleichzeitig zitterte Sie. Und ihr war so komisch, dass Sie es nicht beschreiben konnte. Sie rief uns. Ihre Stimme war nicht mehr stark. Sie ist bewusstlos geworden. Wir waren total überfragt, was Sie hatte. Uns blieb nur der Rettungswagen. Sie hatte nichts gegessen, und ja, es ist viel Alkohol am Freitag geflossen."

„Warum hast du mich nicht angerufen?"

„Ich habe mein Handy vor lauter Panik zu Hause vergessen. Außerdem bist du mit dir selbst nicht im Reinen wegen deiner Trauer. Und das hast du uns spüren lassen. Mina ist sehr verletzt darüber. Tom, ich weiß auch nicht mehr, was mit euch ist. Mina ist verwirrt und das hat ihr zugesetzt. Vielleicht ist einfach alles zusammengekommen. Die Ärzte haben mehrere Tests gemacht und uns gefragt, welche Krankheiten sie hat. Da Wochenende ist, dauert alles sehr lange. Momentan ist Mina sehr schwach und schläft viel. Sie hat mehrere Infusionen bekommen und auch leichte Nahrung, aber sonst noch nichts."

„Der verdammte Stress hat Mina fertiggemacht. Und ich und meine Probleme haben ihr den Rest gegeben. Ich bin schuld, dass sie hier liegt!"

„Mensch, Tom. Jetzt hör aber auf! Du hast andere Probleme gehabt, und das wissen wir alle. Ja, du warst Mina gegenüber unfair, aber das war vielleicht nur das i-Tüpfelchen auf dem Ganzen. Also bitte sei jetzt einfach für Sie da und mach dir nicht noch mehr Vorwürfe. Sie braucht dich jetzt!" Max deutet mir, dass wir zurück zum Zimmer gehen sollen.

Im Zimmer angekommen, schläft Mina immer noch. Kurz darauf kommt endlich ein Arzt und kann uns Näheres verraten.

„Sind Sie Verwandte von Frau Leone?"

„Nein, Verwandte nicht, aber ich bin Ihr Freund!", antworte ich.

„Okay, dann möchte ich alle anderen bitten, kurz das Zimmer zu verlassen."

„Nun gut. Ihre Freundin hat die Krankheit ‚Vitiligo'. Wie Sie wissen, ist das eine Hautkrankheit. Diese Krankheit kann aber bei bestimmten Faktoren noch Begleitkrankheiten mit sich bringen. Dies ist nun geschehen. Frau Leone scheint laut Erzählungen Ihrer Freunde viel Stress in der Vergangenheit gehabt zu haben. Das hat leider ‚Diabetes' ausgelöst. Dieser Anfall gestern war eine Unterzuckerung. Das schleicht sich langsam an und bemerkt man erst kaum. Ein Glas Wasser hätte nicht ausgereicht, um Ihrer Freundin zu helfen. Da wären ein Stück Schokolade oder Traubenzucker das Richtige gewesen. Wir werden jetzt noch weitere Tests mit ihr machen, um herauszufinden, in welchem Stadium wir den Diabetes einordnen müssen. Vielleicht hat sie Glück und braucht nur Tabletten zu sich nehmen. Ich wünsche Ihnen erst mal alles Gute." Der Arzt reicht die Hand.

Endlich kann ich an Minas Bett treten und Sie von Nahem betrachten. Sie sieht so zerbrechlich aus. Sie schläft so ruhig, fast so wie ein Engel, dem nichts passieren kann. Ich nehme ihre Hand vorsichtig in meine und halte sie fest. Mina wird leider doch wach davon. Sie schaut mich verschlafen an und ist verwundert.

„Hallo", flüstert sie.

„Hallo, was machst du denn für Sachen? Ich habe einen Schock bekommen. Maximilian hat mich eben angerufen, als ich zu Hause angekommen bin. Ich wollte dich überraschen. Aber das hast du jetzt übernommen", grinse ich Mina an.

„Tut mir leid. Ich wollte dir nicht die Show stehlen", sie grinst zurück.

„Wie geht es dir?"

„Ich bin ziemlich müde und schlapp. Ich habe noch nichts zu essen hier bekommen. Sie scheinen hier zu sparen", scherzt Mina.

„Das heißt, du möchtest etwas essen? Soll ich mal schauen, ob ich was finden kann für dich?"

„Oh, das wäre echt toll", bettelt Mina.

„Okay, dann werde ich mal schauen, was ich für dich tun kann."

Ich verlasse das Zimmer. Maximilian und Amely stehen noch vor der Tür. Sie haben mir einen Moment mit Mina gelassen.

„Du Max. Mina möchte etwas essen. Wo ist denn das Schwesternzimmer?"

„Gleich da vorne um die Ecke." Maximilian zeigt mir die Richtung mit einer Handbewegung.

„Danke dir, ich schau mal, was sich machen lässt. Ihr könnt wieder zu ihr rein."

Mina ist nach vier Tagen entlassen worden. Sie hat echt Glück gehabt. Es bleibt momentan bei Tabletten und eine empfohlene Ernährungsweise. Dabei spielt auch der Stress eine wichtige Rolle, der sonst wieder alles zum Wanken bringt. In der Zeit, wo Mina noch im Krankenhaus lag, habe ich mich beim Chef blicken lassen. Ich erkläre ihm die Situation, trotzdem habe ich meinen Job verloren. Den habe ich nicht wirklich lange gehabt. Aber es ist verständlich, dass er mich nicht behalten hat nach kurzer Zeit, die ich in dem Laden gearbeitet habe. Bei einem Spaziergang am Rhein, wird mir bewusst, dass ich die Schocks verdauen muss und noch einmal von vorn beginnen soll.

16

Neubeginn

Ich stehe fast wieder ganz am Anfang. Außer, dass ich ein Zimmer habe und der Uni-Platz ist mir auch geblieben. Ach und Freunde, die mir sehr ans Herz gewachsen sind. Vor allem eine Person ist mir wichtig. Ich denke an Mina. Aber das gestaltet sich noch schwierig. Bei den letzten Treffen in Birkenfeld habe ich sie sehr verletzt. Sie fragt sich, wie die Zukunft mit uns aussehen soll, wenn ich sie jedes Mal verstoße bei Problemen. Man muss sich vertrauen, hat Mina mir bei unserem letzten Zweiergespräch erklärt. Sie liebt mich und ich sie, aber reicht das?

Ich habe mir Gedanken gemacht. Mein erster Plan, den ich vor dem Tod meines Vaters hatte, möchte ich erneut angehen. Mina mehr unterstützen und ihr damit zeigen, dass sie mir wichtig ist und ich es ernst mit ihr meine. Das versuche ich sofort umzusetzen und gehe in die Küche. Ich schaue in die Schränke und überlege, was ich kochen kann. Mina kommt dazu und möchte sich etwas zu essen machen.

„Was möchtest du essen? Ich habe mir überlegt, heute koche ich mal. Ich war so lange nicht hier und das bin ich euch schuldig."

„Oh, was ein Service. Ich habe nicht so großen Hunger, aber gegen ein Sandwich mit Remoulade, Salat und Putenbrust hätte ich nichts einzuwenden. Das bekommst du doch hin? Oder?" Mina zwinkert mir zu.

„Was hältst du eigentlich von mir? Das wüsste ich echt gerne." Ich grinse Mina an. Sie ist aber schon auf dem Weg zu ihrem Zimmer ohne Reaktion. Ich beginne mit den Sandwiches. Maximilian ist auch hier. Nur Amely nicht. Da ich nicht weiß, ob Amely Sandwiches mag, werde ich nur für uns drei welche herrichten. Ich mag es nicht gerne, etwas wegschmeißen zu müssen. Es gibt zu viel Armut in der Welt und auch direkt vor unserer Haustür. Heute bevorzuge ich das lockere Essen in den Zimmern und versuche so, Mina näher zu kommen. Maximilian kommt in die Küche und sieht die Sandwiches.

„Oh, darf ich auch eins? Ich wollte mir gerade etwas zu Essen machen."

„Ja, ich habe für jeden zwei Stück gemacht. Nur bei Amely weiß ich nicht, ob sie Sandwiches mag. Kannst du mir das verraten?"

„Da ist deine Intuition richtig gewesen. Sie mag so einfaches Essen nicht. Ich glaube, es ist nicht ihr Niveau", grinst Maximilian.

„Dann habe ich ja mal alles richtig gemacht bei ihr. Das ist ja bekanntlich schwierig." Maximilian nimmt sich seine Sandwiches und verschwindet in seinem Zimmer. Daraufhin nehme ich die restlichen vier Sandwiches und gehe damit gezielt zu Mina. Ihre Tür ist verschlossen. Klopf, klopf.

„Herein!"

Der Teller schwebt voran in ihr Zimmer und erst danach stecke ich meinen Kopf durch.

„Ich wäre fertig! Essen wir zusammen hier in deinem Zimmer? Ich würde mich so gerne mit dir unterhalten.

Wow, du hast echt ein tolles gemütliches Zimmer. Du hast echt ein Händchen für das Dekorieren. Letztens bei der Führung war es doch noch anders gestellt. Jetzt sieht es stimmig aus. Hier könnte ich mich, wenn es andere Farben wären als rosa, auch wohlfühlen. Max erwähnte ja schon im ersten Gespräch damals, dass du rosa gern hast."

„Ja, danke und worüber würdest du dich unterhalten? Lass es dir erst mal schmecken und danke für das zubereiten." Wir beißen in die Sandwiches, sitzen nebeneinander auf ihrer Bettkante. Ich spüre Minas Körperwärme. Mein

Körper reagiert mit Gänsehaut. Am liebsten würde ich jetzt das Sandwich wegtun und Mina einfach nur küssen wollen. Ihre zärtliche Zungenspitze mit meiner Zunge verschmelzen lassen. Warum tue ich es nicht einfach? Mina fängt an zu reden und meine Gedanken verschwinden. Mist!

„Was möchtest du denn mit mir bereden?"

„Ach, ich … weiß nicht mehr so recht. Um ehrlich zu sein, will ich nur in deine Nähe. Du fehlst mir und ich möchte es noch mal mit uns versuchen. Bitte, Mina, gib mir eine Chance."

„Tom, du fehlst mir auch. Aber ich sollte erst mal langsam wieder ins Leben zurück finden und nicht erneut so einen Stress haben."

„Unser Start war nicht gut und das sehe ich auch ein. Es ist einfach nicht der richtige Zeitpunkt gewesen. Die Umstände haben mich ziemlich aufgewühlt. Ich habe nicht nur meinen Vater verloren, sondern auch den letzten Verwandten und mein Zuhause."

„Mensch, Tom. Das alles habe ich schon zu Beginn unserer Beziehung gewusst. Und das Einzige was ich wollte, ist an deiner Seite sein. Du hättest einfach sagen können, Bitte gib mir eine halbe Stunde Zeit oder ich gehe etwas spazieren. Aber du warst so geblendet von deiner Wut. Ich mache dir keinen Vorwurf. Ich möchte nur das es besser wird."

„Diese ganzen Gedanken und die Trauer sind echt viel. Es ist noch nicht vorbei. Es wird noch einiges an Zeit brauchen, aber ich möchte an mir arbeiten. Und das schaffe ich nur mit dir. Du bist so ein starker Mensch, Mina. Du kämpfst dich durch das Leben, egal wie schwer der Moment auch ist. Es gibt für dich kein Halten. Und das bewundere ich an dir. Bitte, gib uns nicht auf. Es hat noch nicht einmal richtig angefangen mit uns!"

„So, darf ich jetzt auch noch mal etwas sagen?", aber das tut sie nicht. Sie schaut mich nur an und nimmt meine freie Hand. Dann führt sie diese an ihre weiche Wange. Sie wiegt sich daran und schließt ihre Augen. Sie scheint es zu genießen und fühlt sich gut aufgehoben. Und dann ist es um mich geschehen. Ich stelle meinen und ihren Teller weg. Meine andere Hand streichelt ihr Gesicht ebenfalls und dann ziehe ich Mina langsam zu mir, damit ich sie küssen kann. Mina öffnet kurz die Augen. Ich sehe darin Leidenschaft und Feuer. Sie will mich! Zuerst ein Kuss auf die Stirn. Dieser soll ihr zeigen, dass ich sie beschützen werde. Danach wandere ich zu ihrer Nasenspitze. Es ist so niedlich, diese kleine Stupsnase zu küssen. Und dann endlich treffen sich unsere Lippen. Ihre Finger beginnen meinen Rücken zu streicheln und zu massieren. Sie ist so einfühlsam dabei, sodass ich eine Gänsehaut über den ganzen

Körper bekomme. Diesmal gehen wir es langsamer an. So und jetzt, tja … Meine Hose bekommt eine Beule. Mina muss es bemerken, so nah wie wir sind. Es passt nicht mal ein Blatt Papier zwischen uns. Meine Hände verselbstständigen sich und wandern über ihren Kopf, den Nacken und hinunter zum Po. Plötzlich hindert mich etwas, weiter zu machen und ich löse mich von Mina. Sie schaut mich verdutzt an.

„Wir wollen es doch vernünftig angehen! Ich möchte es nicht schon versauen. Du bist mir einfach so sehr ans Herz gewachsen."

„Ja, du mir auch. Ich möchte es versuchen, weil ich fest an uns glaube. Okay, dann lernen wir uns richtig kennen."

„Gut. Hier erst mal dein Sandwich." Wir essen unser Sandwich zu Ende.

„Darf ich dich mal etwas Persönliches fragen?"

„Klar schieß raus!"

„Besuchst du eigentlich noch hin und wieder deine Mutter? Ich habe es in der ganzen Zeit nicht so mitbekommen."

„Ja, das stimmt. Seitdem ich ausgezogen bin vor paar Jahren, ist der Kontakt reduziert. Sporadisch telefonieren wir mal und besuchen ist noch schlechter. Ich weiß nicht genau, warum das so gekommen ist. Obwohl mir fällt es wieder ein. Ich konnte ihre Art nicht mehr ertragen. Alles was ich mache, ist nicht gut genug. Meine Mutter ist irgendwann von ihren Anforderungen mir gegenüber abgehoben. Ich weiß nur nicht, warum? Sie ist nicht so reich oder hat selber einen tollen Abschluss. Egal. Vielleicht sollte ich mal

anrufen. Weißt du was? Ich mache das jetzt sofort. Würdest du mich eben allein lassen?"

„Klar. Aber ich will dich nicht dazu bringen, jetzt Dinge zu tun, die du eigentlich nicht gemacht hättest. Es ist dein Leben!"

„Tom, es ist alles gut. Du hast mir nur bewusst gemacht, wie wichtig die Familie und Freunde sind. Man weiß nie, wann es vorbei ist. Oh … Entschuldige. Es tut mir leid."

„Schon gut. Es ist nun mal jetzt so. Ich kann es nicht mehr ändern. Mir kommt zwar auch immer wieder der Gedanke, warum bin ich nicht hartnäckiger gewesen oder habe ihn spontan besucht. Damit muss ich jetzt leben. Ich lasse dich nun allein. Ich nehme unsere Teller mit." Kurz bevor ich die Tür schließe, schaue ich noch einmal zu Mina. Ich kann einfach die Augen nicht von ihr lassen.

„Danke." Mina pustet mir einen Luftkuss zu.

In meinem Zimmer überlege ich, Yannik anzuschreiben und mich noch mal zu bedanken. Ohne ihn hätte ich die Wohnungsauflösung nicht geschafft. Am Schluss bin ich froh gewesen, dass er so hartnäckig an meiner Seite geblieben ist.

Hallo Yannik,

ich möchte mich bei dir und deiner Mutter bedanken. Ihr habt mir sehr geholfen. Durch die Auflösung der Vergangenheit ist mein Traum endlich verschwunden. Es ist zwar schwer zu akzeptieren, aber nun kenne ich zumindest die Wahrheit. Vielleicht hast du Lust, mich in den nächsten Semesterferien zu besuchen? Dann machen wir Köln mal unter besseren Voraussetzungen zusammen unsicher.

Bis bald
Tom

Das Handy gerade aus der Hand gelegt, höre ich jemanden in der Küche. Es ist Mina. Ich gehe mit klopfendem Herzen auf sie zu. Warum klopft es nur? In dem Moment dreht sich Mina zu mir um und strahlt.

„Was ist los?"

„Wir treffen uns nächste Woche. Ich habe Mama zum Kaffee eingeladen, hier bei uns zu Hause." Mina strahlt vor Freude. Ihre Mama ist ihr wichtig.

„Das freut mich für dich. Siehst du, es ist manchmal nicht so schwer, über seinen Schatten zu springen."

Ich gehe auf Sie zu und nehme Mina in meine Arme. Ganz ohne Hintergedanken. Und wieder beginnt Mina den Kontakt zwischen uns zu sexualisieren. Sie streichelt meinen Rücken und zieht mich mehr an sich heran. Ich verstehe es nicht. Eigentlich möchte sie, dass wir uns kennenlernen und andersherum möchte sie mit mir schlafen. Okay, dann lasse ich es mal zu. Mina beginnt unter mein T-Shirt zu gehen, um mir es auszuziehen, mitten in der Küche. Was, wenn uns jemand erwischt? Egal, soll doch jeder sehen, dass wir uns lieben. Ich nehme keine Rücksicht auf andere. Oh, jetzt küsst sie meinen Oberkörper, meine Brustwarzen scheinen sie anzutörnen. Sie spielt mit ihrer Zunge damit, und dann wandert ihre Zunge langsam Richtung Bauchnabel. Da bin ich so empfindlich, Shit!

Ruckartig ziehe ich Mina hinauf. Sie merkt, wie ich in Rage komme. Augenblicklich nimmt sie meine Hand und zerrt mich in ihr Zimmer. Die Türe tritt sie mit dem Fuß zu. Aber anstatt ins Bett schubst sie mich auf den Bürostuhl. Ich rolle prompt etwas nach hinten, und Mina hat ein Problem, sich zu halten. Wir giggeln beide los. Das wird spaßig, denke ich mir. Mit einem Sprung sitzt sie auf mir. Sie ist eine Augenweide. Ihre Sommerbluse hat sie schon vorher ausgezogen, sodass ich einen wunderschönen Blick auf ihren Oberkörper habe. Mir fallen ihre vielen

Muttermale auf. Auch ein Merkmal darauf, die Hautkrankheit zu bekommen, hat Mina mir erzählt. Jetzt nicht an Schlechtes denken und einfach nur genießen. Der Stuhl dreht sich immer wieder und das ist echt tricky, aber zugleich auch aufregend. Mina klemmt sich ihre Oberschenkel wegen der Armlehnen, aber Mina meint nur:

„Egal, wird schon gehen." Sie ist einfach verrückt und zugleich süß. Ihre Bewegungen auf mir sind der Wahnsinn. Es fühlt sich so toll an. Ihre Scham ist rasiert. Ich schaue sie mit offen Augen an. Ihre Brüste bewegen sich im Takt. Ich knete Sie leicht durch und ihre Brustwarzen schmecken nach Vanille. Einfach himmlisch. Das, was hier gerade passiert, ist unfassbar für mich. Bis vor Kurzem habe ich Angst vor Sex gehabt. Jetzt habe ich eine Freundin und wir haben ganz selbstverständlich Sex miteinander. Mina beginnt mich wilder zu reiten und ich merke, wie mir immer heißer wird. Ich glaube, Mina hat gleich ihren Orgasmus. Und meiner wartet auch … nicht mehr. Wir beide stöhnen laut auf. Ganz erschrocken halten wir uns den Mund gegenseitig zu. Das muss nun wirklich niemand mitbekommen. Völlig fertig fallen wir uns in die Arme und kuscheln noch ein wenig. Da kommt mir der Gedanke, Mina hochzunehmen und sie in ihr Bett zu legen. Dabei sehe ich unsere Kleidungstücke überall auf dem Boden verteilt. Mina hat anscheinend alles gegeben. Mir kommt ein Lächeln auf die Lippen. So lieb wie sie scheint, ist Sie nicht. Wie heißt der Spruch noch gleich. Stille Wasser sind tief! Ich lege mich zu ihr ins Bett und wir dösen Arm in Arm ein.

17

Neue Suche, neues Glück

„Mina! Maximilian! Tom!", ruft Amely. Wir schrecken auf.

„Mist! Wir müssen uns anziehen. Sie darf uns nicht zusammen sehen."

„Nein, so sollte sie uns nicht sehen." Etwas verdutzt schaue ich ihr zu. Mina sucht in Windeseile ihre Klamotten und zieht sich an. Ich hingegen bleibe liegen und warte einfach ab, bis Amely in ihr Zimmer verschwindet. Auf sie habe ich gerade keine Lust. Es ist so schön mit Mina und ich möchte mir dieses schöne Gefühl nicht versauen lassen durch blöde Sprüche.

„Amely, ich ziehe mich gerade um. Ich komme sofort!", ruft Mina.

„So wird Amely es hoffentlich nicht wagen, einfach ins Zimmer zu kommen."

„Ja, gute Idee."

Sowie Mina angezogen ist, geht sie hinaus und schließt sofort die Tür hinter sich. Ich stehe auf, ziehe mich an und lausche das Gespräch zwischen den zwei. Dafür muss ich aber die Tür einen Spalt öffnen.

„Hallo Amely. Wo warst du heute den ganzen Tag?"
Sie scheinen an der Küche zu stehen. Ich kann beide
nicht sehen. Man kann nämlich von Minas Zimmer
leicht schräg ins Wohnzimmer zur Couch schauen.

„Ich bin nach Düsseldorf zur KÖ gefahren. Ich habe
mich nach neuer Mode umgeschaut. Ich wollte mir
gerade einen Kaffee machen. Trinkst du einen mit
mir?"

„Ja gerne. Ich setz mich schonmal. Du musst mir
alles von heute erzählen."

Ah, ich sehe Mina. Sie hat sich auf die Couch gesetzt.
Sie schaut unauffällig in den Flur zu ihrem Zimmer.
Sie gibt mir ein Zeichen, dass ich ins Bad gehen soll.
Dies tue ich, aber lausche weiter das Gespräch. Wer
weiß, was Mina mir noch verheimlicht.

„Es ist echt schön dort. Ein Fluss fließt parallel
vorbei und tolle Statuen stehen dort. Alle paar Meter
ist eine Brücke um auf die andere Seite zu kommen.
Dort geht es in die Richtung der Düsseldorfer
Altstadt. Aber hier an der KÖ ist ein kleines Stück
grün mitten in der Stadt. Ich habe das tolle Wetter
genossen in einem Café gesessen mit einem leckeren
Kaffee."

„Wie wir jetzt. Nur nicht in der Stadt unter Leuten."

„Ich konnte die Menschen beobachten, die nur in
Scharen so an mir vorbei sind, mit den tollen

Designerklamotten. Dort fahren Luxuswagen. Das ist echt der Wahnsinn."

„Und hast du tolle Männer gesehen? Ich meine einen, der dir gefallen hat?"

„Nein. Muss man denn immer nach Männer Ausschau halten?", giftet Amely zurück.

„Entschuldige, ich wollte dir nicht zu nahe treten. Wie läuft es denn in der Boutique? Habt ihr noch genug Kundschaft jetzt im Sommer?"

„Du meinst wegen des Sommerlochs? Ja, es kommen zwar weniger, aber es läuft und reicht aus. Wir haben anscheinend im letzten Jahr unsere Stammkundschaft vergrößert und somit bleiben uns die Kunden treu."

„Das freut mich für euch."

„Und du? Was hast du heute so gemacht?"

„Ich habe heute meine Mutter angerufen. Sie kommt nächste Woche zum Kaffee. Ich freue mich so sehr. Wir haben uns lange nicht mehr gesehen."

„Woher kommt denn dieser plötzliche Sinneswandel? Du wolltest doch nichts mehr mit ihr zu tun haben!"

Oh, da scheint Mina mir nicht die ganze Wahrheit gesagt zu haben.

„Ach, Tom fragte nach meiner Familie und da ist mir der Gedanke dazu gekommen. Ich habe mir vor

Augen gehalten, dass das Leben schneller vorbei sein kann, als man denkt. Jeder Tag zählt."

„Ach, Tom! Schön, dass er dich darauf gebracht hat." Amely steht genervt von der Couch auf und bringt ihre Tasse zur Küchenzeile.

„Was ist mit deinen Haaren passiert?"

„Mit meinen Haaren? Was ist denn mit denen?" Shit, hoffentlich ahnt sie nichts.

„Die sind ja total wuschelig. Hast du etwa Sex gehabt? Ist jemand in deinem Zimmer?", Amely geht in die Richtung des Zimmers. Shit,

„Nein, ich habe Sport gemacht mit Handstand an der Wand und mich gerade umgezogen. Vielleicht einfach davon. Es ist niemand in meinem Zimmer. Aber vielleicht ist es Tom, den du hörst. Er ist wohl im Bad. Zwar auch schon lange, aber vielleicht hat er geduscht oder so."

„Hast du Lust, gleich etwas trinken zu gehen?", fragt

Amely unerwartet.

„Ja, voll gerne. Wir waren so lange nicht mehr aus, wir beide. In einer Stunde? Und wo möchtest du hin?" fragt Mina.

„Ja, Uhrzeit passt. Dann kann ich noch eben duschen gehen. Es war echt warm heute. Was hältst du von der Kaschäam ‚Durst'? Da waren wir ewig schon nicht mehr."

„Cool. Dann weiß ich schon, wie ich mich anziehe."

„Ich auch. Dann bis gleich. Freue mich." Amely rennt in ihr Zimmer. Shit. Ich schließe die Badtür, bevor Amely mich entdecken kann.

Mina kommt sofort ins Bad und erzählt mir davon. Eigentlich hat sie keine Lust, aber die beiden Mädels haben schon lange keine Zeit mehr miteinander verbracht.

„Geh ruhig und habe einen schönen Abend. Amely hat sich doch schonmal beschwert, dass du zu wenig Zeit mit ihr verbringst. Wir haben noch alle Zeit der Welt, Süße!"

„Du bist echt ein Schatz. Danke, dann muss ich mich jetzt aber auch fertigmachen. Ich glaube es ist ein guter Zeitpunkt aus dem Bad zu kommen", zwinkert mir Mina zu. Auf dem Weg zur Türe hauche ich Mina noch etwas ins Ohr.

„Ich werde dich vermissen!" Mina schaut mich mit großen Augen an. Sie scheint überrascht über mein kleines Geständnis zu sein.

„Ich werde dich auch vermissen, Tom!"

Als ich die Tür zuknallen höre und die zwei Mädels verschwunden sind, überlege ich was ich tun kann. Ein Job muss her, egal wie. Im Tablet surfe ich mehrere Internetseiten nach einem Nebenjob ab. Es ist nicht so einfach, etwas Passendes zu finden. Aber tatsächlich gibt es Kneipen und Restaurants, die momentan suchen. Ich schreibe mir einige mit der passenden Wegbeschreibung heraus und telefoniere auch welche ab. Bis auf drei, die ich noch nicht angerufen habe, sind es Absagen. Vielleicht ist mein Aufhänger für die Jobsuche nicht der Richtige. Ich entscheide mich, die letzten drei Kneipen persönlich anzufahren. Die Erste war wieder eine Absage. Nun bin ich auf dem Weg zur zweiten Kneipe. Ich nähere mich laut Handynavigation und erkenne Stühle und Stehtische vor der Kneipe. Das sieht echt gemütlich von außen aus. Okay, tief einatmen und ganz natürlich wirken. Ich gehe an den Tischen vorbei und begebe mich nach drinnen. An der Theke ist eine ältere Dame. Ich spreche sie direkt an und erkläre ihr, dass ich einen Job suche, da ich neu hingezogen bin und zur Hochschule gehe. Und anscheinend hat meine Offenheit gesiegt. Ich darf am Montag um 17 Uhr Probearbeiten kommen. Die nette Dame meint, das ist ein Tag, der nicht so gut besucht ist und an dem sie mir viel erklären kann. Das finde ich persönlich gut. Lieber langsam alles lernen als schnell und unübersichtlich.

Als ich von der Toilette komme, entschließe ich mich noch ein wenig spazieren zu gehen, um die Umgebung weiter kennenzulernen. Beim Verlassen des Lokals ruft mich plötzlich jemand.

„Tom! Tom! Hier drüben!", und ich sehe jemand winken. Es ist Mina. Oh, hier sind sie zusammen was trinken. Shit! Das hatten die beiden noch erwähnt. Ich gehe zu ihr hin.

„Oh, hallo Mina. Ah, auch Amely! Hi was macht ihr denn hier?", frage ich total blöd? Was macht man wohl in einer Kneipe. Haha.

„Ja, was macht man denn in einer Kneipe?", kommt prompt auch von Amely.

„Wir machen mal wieder einen Mädels-Abend", antwortet Mina grinsend, obwohl ich das eigentlich ja bereits weiß. Aber wir möchten es ja noch für uns behalten, um Amely zu schützen. Mina möchte es ihr im richtigen Moment sagen. Eigentlich gibt es dafür aber scheinbar nie den richtigen Moment. Egal, Amely ist ihre Freundin und ich möchte nicht dazwischen stehen.

„Ja klar, was auch sonst. Amely, da hast du wirklich Recht. Das war gerade echt dumm von mir."

„Wirklich, ja!"

„Was machst du denn hier in der Gegend?", fragt Mina.

„Ich habe mich aktiv auf die Jobsuche begeben und ich darf Montag hier Probe arbeiten kommen. Ich freue mich total, dass es geklappt hat. Ich habe heute schon fünf Absagen kassiert. Aber irgendjemand hat mir mal gesagt, immer positiv denken und nicht aufgeben", grinse ich Mina leicht verschmitzt an. Dies bleibt nicht ganz unbemerkt. Das ist der sogenannte Gong für mich zu gehen, bevor Amely mir noch vorwerfen kann, ich würde ihren Abend ruinieren.

„Dann wünsche ich euch noch einen schönen Abend. Vielleicht bis später noch oder morgen. Bis dann!" Ich schaue ein letztes Mal zu Mina, denn ich kann meine Augen schwer von ihr lassen. Sie ist einfach so süß und wunderschön. Schnellen Schrittes entferne ich mich vom Tisch. Hoffentlich hat Amely nichts gemerkt von meiner Flirterei. Ich habe Mina in eine Zwickmühle gebracht. Mist! Verdammter Idiot, beschimpfe ich mich selbst.

Auf dem Weg nach Hause überlege ich, was ich noch tun kann, um mein Leben zu verbessern. Sport! So kann ich den Teddybauch wegbekommen. Meine Schritte werden immer schneller. Das macht richtig Spaß, fällt mir auf. Ich entscheide mich zu Fuß nach Hause zu laufen, anstatt mit der Straßenbahn zu fahren.

Ich laufe und laufe. Aber irgendwann merke ich, dass ich nicht mehr kann. Mittlerweile bin ich schon in Deutz. Ich entscheide mich doch, den Rest ab dem Park mit der Bahn zu fahren. Das muss ich aber üben. Ich schaue mal nach, wie lange ich denn insgesamt gelaufen wäre. Puh, fast zwei Stunden. Aber das wäre echt toll gewesen, wenn ich das geschafft hätte. Man bekommt den Kopf frei, man kann gut nachdenken. Es macht Spaß und nebenbei baut man gegessene Kalorien ab. Das Beste daran ist, es kostet nichts. Und das muss ich sowieso erst mal so machen. Sport, der nichts kostet. Vielleicht hat Mina auch Lust, mal mitzulaufen. Meine Schuhe werde ich dann für Bessere eintauschen müssen, aber das hat noch Zeit.

Zu Hause angekommen höre ich im Hausflur schon, dass es Ärger gibt. Ich schließe die Tür auf und sehe, wie Amely und Mina streiten.

„Super, da ist er ja. Der hat mir gerade noch gefehlt! Macht es dir eigentlich Spaß, mir meine Freundin weg zunehmen?"

„Bitte was? Ich verstehe nicht, was du von mir möchtest? Rede bitte in ganzen Sätzen, dann verstehe ich dich auch."

„Ach, blöd bist du auch noch! Toll, dann sind wir ja schon zu zweit. Tom, ich weiß Bescheid über euch zwei Turteltauben. Wie lange geht das schon zwischen euch?", schaut Amely mit puterrotem Kopf zwischen uns hin und her.

„Ganz ehrlich gesagt schon seit ich in Birkenfeld war und Mina mir mein Handyakku gebracht hat. Mensch Amely, es tut mir leid, dass wir es dir verheimlicht haben, aber du rastest auch immer sofort aus. Du denkst immer nur an dich und nicht an deine Mitmenschen. Wir, die Mitbewohner und deine Arbeitskollegen und bestimmt noch viele mehr. Und nur weil du momentan kein Glück mit der Liebe hast, kannst du nicht verlangen, dass andere Menschen um dich herum unglücklich sein sollen", fuchtele ich mit den Händen vor lauter Wut. Ich bin selbst überrascht, dass ich das Wort ergriffen habe und auch Mina schaut mich verdutzt an. Und dann verändert sich ihr Gesichtsausdruck. Ist Mina jetzt etwa sauer auf mich? Amely baut sich vor mir auf.

„Was bildest du dir eigentlich ein? Du, der erst seit Kurzem hier wohnt, sich durchschnorrt bis zum Geht-nicht-mehr. Du bringst nur Probleme mit. Die Miete haben wir drei hier für dich mitgestemmt, dein Auto parken wir immer wieder um. Das bedeutet auch, dass wir es irgendwann mal getankt haben und dann schnappst du dir noch meine Freundin, obwohl … ach egal."

„Was obwohl? Amely?"

„Ja das wüsste ich jetzt auch gerne, Amely?", klinkt sich Mina wieder mit ins Gespräch.

„Ich habe doch gesagt, es ist egal!"

„Amely, bitte rege dich mal ab. Wir haben uns verliebt! Ich verstehe dein Problem nicht. Eigentlich dachte ich, dass du dich für mich freust. Ich bin schon solange Single und du hast erst letztens gesagt, es wäre mal Zeit, dass ich wieder einen Freund habe. Also bitte! Freue dich einfach für mich", beendet Mina ihre Ansage.

Amely erkennt, dass Mina und ich einer Meinung sind und das scheint ihr nicht zu gefallen. Sie dreht sich wütend um und geht. Ich bin erleichtert, das denke ich zumindest. Maximilian sitzt auf der Couch, hört uns allen nur zu, während wir mitten im Raum stehen und uns gegenseitig streiten. Er könnte doch auch mal was dazu sagen. Er kennt Amely schon länger als ich.

„Was sollte das? Ich war gerade dabei, Amely zu beruhigen. Aber du meintest ja alles heraus zu posaunen. Ich hatte eine Idee, es ihr Stück für Stück zu erklären. Wenn ich Pech habe, verliere ich jetzt meine Freundin. Vielen Dank dafür!", auch Mina geht in ihr Zimmer und lässt mich einfach stehen. Zu meiner Verteidigung kommt es erst gar nicht.

18

Warum ist immer alles so kompliziert?

Zwischen Mina und mir herrscht Funkstille. Mina reagiert auf keine Nachricht. Selbst mein Blumenstrauß wandert in die Tonne. Mina ist eine Person, die gerne alles unter Kontrolle hat. Sie möchte lieber viel selbst regeln und nichts abgeben an Aufgaben. Hilfe anzunehmen, fällt ihr schwer. Sie ist zwar eine starke Frau, aber dies kann ihr auch zum Verhängnis werden. Ich bemerke allerdings, dass Mina auch nicht mit Amely spricht. Sie schauen sich nur giftig an. Das hält kein Mensch aus. Diese Stimmung ist echt zum Kotzen in der WG.

Die Arbeit lenkt mich ein wenig ab. Zumindest wechselt Maximilian jetzt öfter das Wort mit mir. Ich habe ihn letztens um ein Gespräch gebeten. Dafür sind wir ein Bier trinken gewesen. Er hat sich wohl bewusst zurück gehalten, bei dem Streitgespräch. Er meint, die zwei Mädels berappeln sich schon wieder. Ich soll mir keine Sorgen machen. Ich soll in der Zwischenzeit einfach lernen und arbeiten gehen. Ein Kompliment spricht er auch aus. Nämlich dafür, dass ich mich allein auf die Suche nach einem Job gemacht habe. Plötzlich kommt er mit einem Thema, das ich nicht kenne.

„Sag mal, hast du dich eigentlich mal um die Waisenrente gekümmert? Die steht dir nämlich in gewissem Maße zu."

„Waisenrente? Nee, wusste ich nichts davon."

„Mensch, du glaubst wirklich, der Staat lässt dich mit deinen Problemen allein, oder? Du solltest öfter mal rumsurfen im Netz. Da erfährt man so etwas nämlich, kleiner Tipp!" Er klopft mir auf die Schulter, bevor er sich auf den Weg zur Arbeit macht. Da ich nur in Teilzeit arbeite, muss ich nicht jeden Tag ran. Am Montag, wo ich meinen ersten Tag hatte, zeigte mir die Ladenbesitzerin Ursula alles. Sie ist zwar älter, aber voll cool drauf. Es macht echt Spaß, mit ihr zu arbeiten. Sie erzählt mir, dass sie Mina und Amely schon länger kennt. Die zwei wären früher auch mit weiteren Mädels regelmäßig da gewesen. Die Regelmäßigkeit hat sich dann zu ab und an verändert. Jetzt aber zum Wesentlichen. Maximilian glaubt wirklich, ich lebe hinter dem Mond. Aber das mit der Rente werde ich jetzt mal anschauen. Vielleicht hilft mir das ja weiter.

Tatsächlich habe ich eine Chance auf Waisenrente. Das Formular drucke ich aus und werde es noch heute Abend bearbeiten. Umso schneller komme ich von den Mietschulden herunter und der Schnorrerei weg.

Plötzlich höre ich erneut Geschrei im Wohnzimmer. Die Mädels sind zur nächsten Runde angetreten. Meine Güte, ich verstehe es nicht. Jeder hat seine Meinung gesagt, aber jetzt muss doch mal gut sein. Es sind doch bereits Tage vergangen. Wie kann man nur so stur sein? Es soll mir egal sein, ich mische mich nicht da ein. Ich werde Amely nicht ihre Freundin wegnehmen. Das wir das verheimlicht haben, war nur zu ihrem Schutz, weil sie immer noch daran zu knabbern hat an der schrecklichen Trennung ihres Bräutigams. Amely trägt einem noch lange alles nach. Sie ist kein Mensch, der schnell verzeihen kann. Sie glaubt auch, dass nur sie recht hat und nur Sie ein schönes Leben verdient hat. Dabei hat Amely einen tollen Job. Es passt so gut zu ihr, denn sie steht total auf Mode und ist immer dem neuen Style auf den Fersen. Ihr Kleiderschrank müsste eigentlich platzen. Das sollte ich sie mal fragen.

Mina spricht immer noch nicht mit mir. Wir gehen aneinander vorbei wie Fremde. Sie antwortet auch nicht auf meine Nachrichten. Wo stehen wir denn jetzt? Verdammt das tut mir weh.

Ich würde sie am liebsten in den Arm nehmen und trösten und für sie da sein. Der Stress jetzt ist schon wieder von mir aus gekommen. Das ist nicht gut für sie. Oh nein, dies wird ihr wohl klar geworden sein und deswegen möchte sie mit mir nichts mehr zu tun haben. Mina kämpft andauernd um Amely und bittet um Entschuldigung, aber zu mir ist sie nicht einmal gekommen. Nein! Bitte nicht!

Jetzt fange ich gerade an mein Leben in den Griff zu bekommen und schon habe ich etwas verloren. So viel Verlust ertrage ich nicht! Die Albträume kommen wieder zurück, jede Nacht aufs Neue. Ich sehe das zerdrückte Auto und … und ich bräuchte echt Mina bei mir. Mit ihr kann ich reden und ihr vertraue ich auch. Aber genau das scheint sie mir nicht mehr. Verdammt, was kann ich tun? Ich liebe sie doch.

Andersherum, wenn es jedes Mal so läuft: Gerade erst angenähert und schon wieder ein Cut, dann soll das mit uns nicht sein. Vielleicht finde ich mich mit dem Gedanken besser ab.

Nein, das werde ich nicht! Mein Herz klopft und klopft und ich kann keinen klaren Gedanken mehr fassen. Ich weiß, dass Mina und ich zusammen gehören und ich werde um sie kämpfen, da kann kommen, was will! Meine Gedanken kreisen und kreisen. Wie stelle ich es nur an? Da kommt mir eine entzückende Idee. Ich schreibe ihr einen Liebesbrief.

Liebste Mina,

als Erstes möchte ich mich bei dir entschuldigen, dass ich so vorgeprescht bin. Mir ist die Hutschnur geplatzt, es geht immer nur um Amely. Ich verstehe, dass du weiter Rücksicht nehmen möchtest und ich war nicht gerade feinfühlig. Es ist deine Freundin und ich habe dir die Chance genommen, es mit Amely selbst zu klären.

Ich bin gerade glücklich gewesen und schon wieder gönnt uns jemand unser Glück nicht. In der letzten Zeit habe ich viel verloren. Nicht nur meinen Vater, sondern auch meine Heimat. Meine Kindheit war auf einer Lüge aufgebaut. Und deine Gesundheit hat sich nun auch verschlechtert. Das alles ist immer noch ein Schock für mich, aber durch dich geht es mir besser. Du holst mich von meinen schlechten Gedanken und Gefühlen herunter. Dein Strahlen im Gesicht tut mir gut. Deine Stärke hätte ich auch gerne. Du bist mein Seelenbalsam. Durch dich habe ich gelernt, nicht alles negativ zu sehen und dran zu bleiben. Die Jobsuche habe ich alleine bewältigt und noch einiges mehr habe ich begonnen. Okay, das Fluchen ist noch nicht ganz abgestellt, aber daran arbeite ich. All das hast du in mir ausgelöst. Du gibst meinem Leben erst wieder einen richtigen Sinn. Ich möchte für dich da sein! Bitte Mina, gib uns nicht auf!

Ich liebe dich!
Dein Tom

Ja, diesen Brief lasse ich jetzt so stehen. Das ist echt eine schwere Geburt, seine Gefühle auf ein Blatt Papier zu bringen. Aber vielleicht erreiche ich Mina so. Ich hoffe so sehr, dass sie uns nicht aufgibt. Und jetzt stecke ich diesen Brief mit einem Briefumschlag durch ihren Türschlitz. Nun heißt es abwarten. Aber Geduld ist bekanntlich nicht meine Stärke.

Nach der Hochschule eile ich schnellstmöglich nach Hause. Der Briefkasten quillt über vor Post. Gut, ich nehme sie mit hoch, aber sie ist mir erst mal völlig egal. Bitte, bitte! denke ich auf dem Weg in mein Zimmer. Shit, nichts. Total gedeckelt lasse ich mich auf mein Bett fallen. Ich höre die Wohnungstür aufgehen und sofort renne ich aus meinem Zimmer. Es ist ... Maximilian.

„Hi!"

„Oh, hi! Du bist schon da?"

„Ja, ich habe auf etwas gewartet. Aber es ist nichts da."

„Auf was denn? Hast du etwas online bestellt?"

„Nein, um ehrlich zu sein, habe ich auf Mina gewartet. Ich möchte endlich mit ihr reden. Ich halte diese Ungewissheit nicht länger aus."

„Tom, das verstehe ich, aber Mina ist ein Mensch, der braucht auch einfach mal Zeit."

„Ja, aber ich habe ein Problem mit meiner Geduld. Was soll ich denn nur ohne Mina machen?"

„Was hast du denn vor Mina gemacht?"

„Nur gezockt am PC. Das möchte ich aber nicht mehr."

„Ja, dann hätte ich eine Alternative für dich. Putzen! Nimm dir den Wischer und schwing die Hufe! Das macht auch den Kopf frei." Maximilian grinst mich an.

„Kopf frei? Da habe ich noch eine andere Idee. Aber putzen! Na gut, das werde ich noch machen. Später, versprochen!", kurz darauf bin ich in meinem Zimmer und ziehe mich um. Das Laufen hat mir doch Spaß gemacht und den Kopf habe ich auch freibekommen. Also warum nicht.

Nass geschwitzt zu Hause angekommen, höre ich schon vor der Wohnungstür Geschreie von den Mädels. So langsam reichts.

Trotz allem gehe ich hinein. Mitten im Wohnzimmer kreischen die zwei sich an. Irgendwie kommt es mir vor, als ginge es immer noch um dasselbe. Am besten ich verschwinde unter die Dusche.

Maximilian und ich sitzen im Wohnzimmer und trinken ein Nachmittagsbier. Ich weiß, es ist noch etwas früh dafür, aber es tut gut, nicht allein zu sein. Maximilian ist ein guter Zuhörer und Kumpel.

„Sag mal, wie geht es dir jetzt momentan mit deiner Trauer? Hast du Albträume oder vermisst du deinen Vater sehr?"

„Die Albträume hatte ich vor seinem Tod. Es gab da diesen Traum von meiner Mutter, den ich immer und immer wieder mal geträumt habe. Bis vor Kurzem dachte ich, dass dieser Traum nicht richtig ist. Inzwischen bin ich aber schlauer. Eine gute Bekannte unserer Familie hat mir ein Tag vor Abreise die Wahrheit über meine Eltern erzählt. Ich konnte es eigentlich nicht glauben. Aber leider macht es doch Sinn und somit ergaben auch meine Träume Sinn. Ist alles etwas kompliziert, erzähle ich dir gerne ein anderes Mal. Um zu meinem Vater zu kommen. Ja, er fehlt mir sehr. Es fühlt sich wie ein Loch in meinem Leben an. Ich klammere mich an Erinnerungen, denn die kann mir niemand nehmen. Und leider träume ich nun auch von ihm und seinem zerdrückten Auto. Können wir über etwas anderes reden?", ich bemerke Tränen aufsteigen.

Eine Zimmertür geht auf und Mina kommt in die Küche. Sie sieht mich an. Ich versuche meine Tränen vor Mina zu verbergen und schaue solange wie möglich Mina nicht an.

„Danke Tom, der ist wirklich schön geworden, aber ich brauche noch Zeit. Bitte verstehe mich. Ich habe gerade meine beste Freundin verloren. Es fühlt sich so mies an." Nun schaue ich auf. Kurz treffen sich unsere Blicke. Leider dreht sie sich schnell um. Nachdem sie sich ein Glas Wasser geholt hat, geht Mina wieder in ihr Zimmer. Ich verstehe Sie. Im Grunde ist es ähnlich wie bei mir. Wir beide brauchen Zeit, um auch mal allein unseren Verlust zu verarbeiten. So wie ich Mina weggeschickt habe, so braucht sie jetzt den Abstand.

Danach höre ich erneut eine Zimmertür und diesmal ist es Amely. Sie scheint gehofft zu haben, auf Mina zu treffen, denn sie schaut ziemlich komisch, als nur wir da sitzen.

Ich fasse mir ein Herz und überwinde mich Amely anzusprechen.

„Du Amely, hättest du Lust, mit mir eine Runde zu gehen? Ich würde gerne mit dir sprechen."

„Mit dir? Du hast mir mein Leben kaputtgemacht. Du bist das Letzte."

„Bitte was? Ich habe bestimmt nicht dein Leben kaputt gemacht. Du sollst nur akzeptieren, dass Mina und ich uns lieben. Und das heißt nicht, dass ihr keine Freunde sein könnt. Ich nehme dir deine Freundin nicht weg, ich verspreche es dir!"

„Ach ja? Du hast doch keine Ahnung, was überhaupt los ist."

„Wie soll ich das denn auch? Du sprichst ja nicht darüber. Ich weiß, du bist sehr verletzt worden, aber auch du kannst noch den Richtigen finden. Du bist jung und hübsch. Die Männer laufen dir bestimmt hinterher."

„Ja, das mag sein, aber ich möchte keinen Mann mehr."

„Ja, du gibst ihnen auch keine Chance, dich überhaupt kennenzulernen."

„Weil ich es auch nicht möchte. Du checkst es einfach nicht. Ich stehe einfach nicht mehr auf Männer."

In dem Moment kommt Mina um die Ecke. Ich denke, sie hat unser lautes Gespräch mitbekommen. Sie wird wieder auf mich sauer sein, es ist mir aber auch egal. Ich muss wissen, was los ist.

„Bitte was?", fragt Mina zutiefst überrascht.

„Ja, jetzt ist es raus. Ich stehe nicht mehr auf Männer.

19

Bombe geplatzt

In den Moment realisiere ich erst, was Amely gesagt hat.

„Wie, du stehst nicht mehr auf Männer? Ich verstehe das nicht?"

„Ja, so wie ich es gesagt habe. Ist es jetzt bei allen angekommen? Irgendwann ist es mir bewusst gewesen, dass ich auf Frauen stehe."

„Aber ... Aber wieso?" Mina scheint es nicht zu begreifen.

„Wie wieso? Ich weiß es auch nicht, warum. Es ist einfach passiert."

„Wie hast du das denn realisiert? Ich meine, du musst es doch irgendwie gemerkt haben, oder nicht?"

„Ja, ich habe es gemerkt. Ich habe mich sehr wohl gefühlt in der Nähe dieser Person. Sie hat mir zugehört. Mit ihr konnte ich lachen und wir haben auch mal viel Zeit miteinander verbracht. Und dann fingen die Schmetterlinge an im Bauch. Es tut mir leid, dass ich nicht mehr so bin, wie du es möchtest."

„Es muss dir nicht leidtun. Aber warum hast du es mir nicht vorher erzählt? Ich wäre doch für dich da gewesen. Das hättest du doch nicht allein durchstehen müssen. Wir sind doch Freundinnen."

„Ja, das sind wir und genau da liegt ja das Problem."

„Da liegt das Problem? Wir haben schon so viel durchgestanden in der Vergangenheit. Amely, wir haben uns durch Höhen und Tiefen gekämpft. Aber jetzt geht das nicht? Was ist dein verdammtes Problem, mit mir darüber zu sprechen?" Alle hören gespannt zu.

„Okay!", Amely atmet noch mal tief ein und aus. Sie scheint sehr mit sich zu hadern, denn sie geht immer hin und her und spielt nervös an den Fingern herum. Dann bleibt sie stehen.

„Ich bin in dich verliebt, Mina!"

Mina steht mit offenem Mund da und weiß anscheinend nicht, was Sie sagen soll. Und Maximilian und ich bekommen den Mund ebenfalls nicht mehr zu.

„Das ist nicht dein Ernst? Du hast dich ausgerechnet in mich verliebt?", fragt Mina mit piepsiger Stimmlage.

„Ja, ausgerechnet in dich! Ich weiß, es ist total Mist. Was glaubst du, warum es mir nicht gefallen hat, dass du dich mit Tom gut verstanden hast und wie du dich auch noch aufgeopfert hast für ihn. Das waren Stiche in meinem Herzen. Das hast du sonst für mich gemacht. Deine Nähe, deine Stärke für jedes Problem eine Lösung zu finden.

Das alles hat mich imponiert. Ich bin eifersüchtig auf ihn. Es tut mir leid. Er darf dich haben." Amely senkt den Kopf.

„Und ich nicht."

„Deswegen die tolle Rede bei der Schnitzeljagd und auch die anderen Male. Du bist echt das Letzte. Du gönnst mir mein Glück mit Tom nicht, obwohl du genau weißt, dass ich niemals etwas mit dir anfangen würde!"

„Mina, lass mich nicht allein!", bettelt Amely hinter Mina her, die auf dem Weg zur Wohnungstür ist.

„Doch! Ich muss erst mal raus hier!" Schon zieht Mina die Tür hinter sich zu.

Ich gehe ebenfalls zur Tür und will Mina nach. Ich muss ihr hinterher, sonst wird sie stundenlang umherlaufen, ohne etwas zu essen und zu trinken. Sie muss doch auf ihr Diabetes aufpassen. Ich möchte nicht, dass sie … Nein, vergiss ganz schnell den Gedanken.

Amely bleibt wie angewurzelt stehen und reagiert nicht. Ich gehe zu ihr und streichle ihre Schulter. Da sehe ich Tränen über ihr Gesicht laufen.

„Amely, sie kriegt sich wieder ein. Lass Mina Zeit, das Ganze zu verdauen. Das ist schon heftig so ein Geständnis!", ich weiß, dass es hohle Worte sind, die ihr kaum weiterhelfen. Aber ich habe keine Zeit mich auch noch um sie zu kümmern. Ich muss jetzt für Mina da sein. Ich drücke noch einmal aufmunternd ihre Schulter und lächle ihr kurz zu. Amely drückt kurz meine Hand und schaut mich traurig an.

„Sag ihr, dass es mir wirklich leidtut!", ruft Amely mir nach, als ich schon in Richtung Tür laufe.

Ich habe Mina nicht weit von zu Hause eingeholt an einer grünen Ecke mit Bänken. Ein kleines Stück Natur mitten in der Stadt. Echt schön hier und ruhig. Mina ist so aufgebracht. Sie fuchtelt mit ihren Armen beim Schimpfen herum.

„Warum verdammt hat sie das getan? Ich verstehe das einfach nicht. Und seit wann geht das schon so?" Mina brüllt und deutet mit ihrer Hand in Richtung unserer Wohnung.

„Aber das werde ich sie noch fragen, da kannst du dich drauf verlassen." Sie presst die Lippen zusammen.

„Aber eins sage ich dir. Unsere Freundschaft ist vorbei. Ich kann unter gar keinen Umständen mit so jemanden weiter befreundet sein. Sie hat mich womöglich wochen- oder monatelang angelogen und mir etwas vorgespielt. Boar, ich könnte gerade echt platzen, so sauer bin ich." Mina hält es nicht mehr auf der Bank aus und rennt los.

„Mina beruhige dich! Du bist total aufgebracht und du läufst so schnell, dass du schon fast rennst. Ich kann nicht mehr!", außer Puste bleibe ich stehen und stütze mich mit den Armen auf meinen Oberschenkeln ab. Mina schaut mich verdattert an und fängt an zu grinsen.

„Du hast recht, ich renne. Tut mir leid. Ich bin einfach so wütend."

„Das kann ich echt gut verstehen. Wenn mir jemand Monate lang etwas vorspielt und nicht mit der Wahrheit herausrückt, dann tut das sehr weh, zumal du ihr vertraut hast. Ändern kann man es aber nicht mehr. Du musst dich erst mal beruhigen und noch mal darüber nachdenken, ob du ihr nicht doch verzeihen kannst und es akzeptierst. Denn so kann man irgendwann eine normale Freundschaft wieder aufbauen oder du sagst, du möchtest wirklich keine Freundschaft mehr. Weil du ihr nicht verzeihen kannst, aber das würde wahrscheinlich bedeuten, dass … dass Amely auch ausziehen muss. Diese Entscheidung kann ich dir nicht abnehmen. Aber ich kann für dich da sein, dich trösten und dir zuhören." Ich nehme Mina in die Arme und drücke sie fest an mich. Ich möchte ihr zeigen, dass ich für sie da bin und ihr

Geborgenheit schenken kann. Sie schält sich aus meiner Umarmung und beginnt schon wieder.

„Aber was mich am meisten ärgert ist, dass Amely es beinahe geschafft hätte, uns auseinanderzubringen. Und dass nur, weil sie mich für sich allein wollte. Meine Güte, was ist nur aus ihr geworden? Jetzt kann ich über das alles noch nicht nachdenken. Ich bin einfach zu verletzt und sauer. Komm, wir gehen uns einen trinken auf den Schock!"

„Mina, das ist keine gute Idee. Denke bitte an deinen Diabetes. Aber ich mache dir einen anderen Vorschlag. Lass uns einfach weiter in der schönen Gegend spazieren gehen. Das macht den Kopf frei, habe ich für mich festgestellt und man tut noch etwas Gutes für die Figur. Ich nehme mir meistens Musik dazu, dies unterstützt meinen Bewegungstakt. Aber das brauchen wir jetzt nicht, denn wir wollen eigentlich keinen Sport machen, sondern nur etwas den Kopf freibekommen." Ich lenke bewusst das Gespräch in eine andere Richtung.

„Aha, so eine Art Sport machst du? Ja, warum eigentlich nicht. Es kostet nichts und scheint effektiv zu sein. Okay, lass uns los!"

Wir laufen und laufen und vergessen dabei total die Zeit. Spazieren gehen war es dann doch nicht, sondern schnelles Gehen. Das Thema Amely ist erst mal vergessen und Mina scheint sich beruhigt zu haben. Sie macht schon wieder Witze. Wir kommen dann plötzlich wieder in die Schiene, den anderen besser kennenlernen. Sie möchte mehr von meiner Familie wissen und somit beginne ich ihr von meiner Vergangenheit zu erzählen. Wie ich aufgewachsen bin und auch von dem, was ich vor Kurzem erfahren habe, erzähle ich ihr. Mina ist geschockt. Sie erkennt aber, dass meine Wut nichts ändert. Zum einen kann ich mit niemanden darüber sprechen, der daran beteiligt war, und zum anderen würde ich mich damit kaputt machen. Sie vergleicht es mit ihrer jetzigen Situation mit Amely.

„Weißt du, Tom, du warst damals ein kleines Kind und hättest es nicht verstanden. Deswegen wollte dein Vater das heile Bild von der schönen Familie nicht zerstören. Es war ein Schutz für dich. Dass nicht auch du noch Hass für deine Mutter empfindest. Der Tod deiner Mutter war schon schlimm genug. Warum sie starb, ist letztendlich egal. Dein Vater hat gelitten wie ein Hund glaube ich. Deshalb war er so verletzt, als du ihn verlassen hast. Aber sag mal, wann bist du so erwachsen geworden?"

„Bitte was? Ich bin schon lange erwachsen! Ich bin 22, wie du weißt."

„Nein, das meine ich nicht. Als wir uns kennengelernt haben, da war dein Leben noch Chaos. Und jetzt schau dich an. Du machst Sport, weil du gemerkt hast, dass es dir guttut. Du schwingst große Reden, obwohl du sonst derjenige bist, der Rat und

Tipps brauchst. Du hilfst im Haushalt mit, obwohl dir das ein Graus am Anfang war. Wo ist der alte Tom hin?"

Ein Lächeln breitet sich auf meinem Gesicht aus. Ich bleibe stehen und nehme ihre Hände.

„Ich bin hier. Bei dir. Du hast das alles bei mir erweckt." Ich lasse meine Finger über ihre Handrücken wandern und atme tief ein. Ihr süßes Parfüm steigt mir in die Nase und ich beuge mich zu ihr vor. Ich kann ihr gar nicht nah genug sein.

„Ich habe erkannt, dass es wichtig ist, für jemanden da zu sein. Vielleicht hat der Tod meines Vaters damit etwas zu tun, aber das meiste hast du bewirkt. Ich liebe dich vom ganzen Herzen und möchte für dich da sein, dir zur Seite stehen. Zusammen schaffen wir es leichter als allein. Was sagst du dazu?" Ich lasse ihre Hände los und lege meine auf ihre Wangen, streichle mit meinen Fingern immer wieder über ihre weiche Haut. Meine Knie werden weich, als ich ungeduldig auf ihre Antwort warte.

„Was ich dazu sage? Du Idiot."

Mina lässt mich stehen und geht weiter. Ich weiß einfach nicht, was jetzt schon wieder falsch ist. Sie bleibt plötzlich stehen und dreht sich zu mir um.

„Ich liebe dich auch. Das tat ich schon, als ich bei dir in Birkenfeld war. Es tat mir sehr weh, dass du mich weggeschickt hast, aber ich konnte es auch verstehen.

Ab jetzt bringt uns nichts mehr auseinander, versprochen?", erklärt sie gut 50 Meter entfernt von mir.

„Versprochen!" rufe ich und gehe auf sie zu. Dann ziehe ich Mina an mich und küsse sie. Unsere Küsse werden immer intensiver und wir beginnen mitten im Park zu fummeln. Meine Hände wandern unter ihr T-Shirt und ich streichle ihre zarte Haut. Ich spüre plötzlich auch ihre Hand an meinem Jeansknopf. Ich seufze kurz auf. Ich kann an nichts anderes mehr denken. Ich will sie und zwar jetzt sofort. Da wird mir kurz bewusst, wo wir uns eigentlich befinden. Ich ziehe meine Finger aus ihrem T-Shirt und flüstere ihr ins Ohr.

„Ich will dich auch, jetzt sofort!" Mina zieht ihre Finger aus meiner Jeans, dann fassen wir uns an den Händen und rennen los.

20

Scheinbar geht es bergauf

Da es schon dunkel ist, rennen wir ins nächst gelegene Gebüsch. Keiner von uns ahnt, dass es Stacheln hat. Egal, Augen zu und durch. Zum Glück gibt es eine freie Stelle ohne Stacheln, denn mein Verlangen ist zu groß. Wir können es nicht mehr abwarten. Außerdem wollen wir zu Hause nicht auf Amely treffen, die unsere tolle Stimmung wieder kaputt macht. Wir wollen und brauchen uns gerade einfach zu sehr.

Schweißgebadet klettern wir vorsichtig aus dem Gebüsch und hoffen, dass uns niemand erwischt. Leider vergebens! Die Polizei steht genau mit dem Auto davor und hat nur auf uns gewartet. Irgendjemand wird sich beschwert haben. *Shit*!

„Schönen guten Abend, die Herrschaften. Und hat es Spaß gemacht?"

„Um ehrlich zu sein, ja warum eigentlich nicht?", antwortet Mina. Ich bin total verdutzt über ihre Antwort und bringe nur ein bestätigendes Nicken zustande.

„Das freut uns sehr, aber Sie wissen, dass dies Erregung öffentlichen Ärgernisses ist?"

„Nein, das kann nicht sein. Wir haben uns extra einen Ort gesucht, wo uns niemand sieht", antwortet Mina mit brennenden Wangen.

„Vielleicht nicht sieht, aber wirklich leise waren Sie nicht. Und deswegen wurden wir auch gerufen."

„Wer hat uns verpetzt?"

„Das tut doch nicht zur Sache. Sie haben eine Straftat begangen und das wird Konsequenzen haben. Ich bitte Sie beide um Ihre Personalien!"

„Die haben wir nicht mit. Können wir die eben holen? Wir wohnen nicht so weit weg von hier", antworte ich.

„Dann gehen Sie dieses Risiko ein, obwohl Ihre Wohnung nur paar Meter entfernt von hier ist? Das soll jemand verstehen. Gut. Steigen Sie bitte beide ein, wir fahren Sie nach Hause."

„Danke", flüstern wir leise und senken beschämt unsere Köpfe.

Bei der aufgeschlossenen Wohnungstür zeigen wir den Polizisten unsere Personalien. Maximilian bekommt das mit. Er schaut sich dieses Schauspiel angelehnt an der Küchenzeile an und grinst.

„Danke. Sie werden von der Staatsanwaltschaft Post erhalten. Wahrscheinlich wird es nur ein Bußgeld, da

Sie unseren Aufforderungen ja Folge geleistet haben. Wir wünschen noch einen schönen Abend!" Sie grinsen uns an und gehen.

„Was war das? Warum seid ihr von der Polizei nach Hause gebracht worden? Habt ihr etwas kaputt geschlagen, oder was?"

„Äh ja, wie sollen wir das erklären? Wir konnten unsere Finger nicht von uns lassen", antworte ich verlegen.

„Nee, das ist nicht euer Ernst?"

„Doch!", bestätigen wir beide.

„Boar, wie peinlich. Haben die euch erwischt beim Sex?"

„Nein, es hat uns auch keiner gesehen, aber anscheinend gehört. Und dieser Jemand hat uns angezeigt wegen Erregung öffentlichen Ärgernisses. Wir sind der Polizei direkt in die Arme gelaufen", erkläre ich Maximilian.

„Shit! Und jetzt bekommt ihr echt Ärger dafür. Dabei ist spontaner Sex doch was Schönes. Es wurde auch echt Zeit, dass ihr zwei Süßen euch endlich wieder bekommen habt. Das war nämlich nicht mehr auszuhalten mit euch. Egal, es wird schon keine Tausend Euro sein. Abhaken und weiter machen!", klopft Maximilian mir auf die Schulter und knipst Mina ein Auge zu. Danach verschwindet er endlich in sein Zimmer.

Wir beginnen laut an zu lachen und küssen uns wieder. Es ist gerade ein schönes prickelndes Gefühl. Es ist alles so aufregend und zugleich auch neu für mich. Im Traum hätte ich nicht damit gerechnet, heute im Freien Sex zu haben. Ich bin sehr glücklich die Schmetterlinge im Bauch lassen keine Pause zu.

Am Morgen stehen wir ebenfalls früh auf, Mina bekommt heute Nachmittag Besuch von ihrer Mutter. Wir wienern zusammen die Wohnung und Mina backt einen Apfelkuchen. Es geht langsam Richtung Herbst und Mina findet einen Apfelkuchen passend. Sie scheint nervös zu sein und fragt mich ständig nach ihrer Kleidung. Wenn es nach mir geht, dann bräuchte sie nicht viel anziehen. Ich kann einfach die Finger nicht von ihr lassen und bliebe am liebsten den ganzen Tag im Bett mit ihr. Aber das kann man ja nicht tun. Ich zeige auf ein knielanges Kleid mit breiten Trägern. Die Farbe rosa passt sehr gut zu ihr. Der Ausschnitt lässt einen Hauch ihres Brustansatzes sehen. Es ist ein fallendes leichtes Sommerkleid.

„Was soll ich denn anziehen? Wenn du dir solche Gedanken machst, dann sollte ich ebenfalls anständig angezogen sein."

„Ich werde dich als meinen Freund vorstellen. Ja, du hast recht. Vielleicht eine Jeans, Sportschuhe und ein

T-Shirt. Das sieht sportlich aus und ich glaube, das müsste gehen."

„Sag mal, schämst du dich für mich? Und wenn ich jetzt etwas anderes anziehen würde?"

„Nein. Aber ich möchte, dass meine Mama einen guten Eindruck von dir hat. Und du bist doch mittlerweile sportlich. Es ist nicht mal gelogen."

„Das heißt, wenn ich eine Jogginghose und ein nicht gebügeltes T-Shirt anziehe, dann würde ich einen falschen Eindruck erwecken? Ich verstehe deine Zweifel, aber es ist deine Mutter, nicht dein Chef. Und eigentlich ist nicht die Kleidung wichtig, sondern der Mensch, der da drin steckt.

Na ja, dann gehe ich mich mal anziehen!" Beleidigt gehe ich in mein Zimmer.

Pünktlich um 15 Uhr klingelt es. Ich gehe ins Wohnzimmer und Mina öffnet bereits die Tür.

„Hallo Mama, schön, dass du gekommen bist!", sie umarmt ihre Mutter nur kurz. Es scheint, dass Mina keine tiefere Bindung zu ihr hat. Ich gehe Frau Leone entgegen und reiche ihr die Hand.

„Mama, das ist mein Freund Tom."

„Hallo Tom. Schön, Sie kennenzulernen."

„Bitte, setzen Sie sich doch!", schiebe ich ihr den Stuhl hinaus, und als Frau Leone soweit ist sich zu setzen, wieder heran.

„Sehr nett, danke schön."

„Keine Ursache."

„Mama, möchtest du einen Kaffee?"

„Nein, Liebes. Ich trinke keinen Kaffee mehr. Der tat mir nicht gut und ich habe zu Tee gewechselt. Hast du einen Leckeren für mich?"

„Oh, das wusste ich gar nicht. Ich schaue mal, einen Moment!"

„Das kannst du auch nicht wissen, denn du warst schon lange nicht mehr bei uns zu Hause.", gibt Frau Leone mit einem Unterton von sich.

„Frau Leone, haben Sie gut hergefunden? Wie sind Sie denn angereist?"

„Danke der Nachfrage. Mit dem Auto."

„Mama, ich habe einen Früchtetee mit Hibiskus und Holunderblüte oder einen Pfefferminztee. Sonst leider nichts. Wir sind in der WG nicht so die Teetrinker. Aber Holunder magst du doch, oder?"

„Das ist ja nicht viel zur Auswahl. Ich dachte, du hättest zumindest einen Darjeeling Tee. Dann nehme ich halt den Früchtetee. Nein, Liebes Holunder ist nicht mehr meins." Ich stehe auf und entschuldige mich kurz bei Frau Leone, um Mina zu helfen.

„Soll ich schon mal den Kuchen anschneiden?"

„Ja gerne. Danke" sagt sie und flüstert mir noch zu: „Boar, ich habe ganz vergessen, wie furchtbar meine Mutter ist. Es tut mir leid."

„Alles gut. Jetzt verstehe ich auch das mit der Kleidung. Wir schaffen das", flüstere ich leise zurück. Mit dem angeschnittenen Kuchen geselle ich mich wieder Frau Leone zu.

„Den Kuchen hat Ihre Tochter heute Morgen frisch gebacken. Ich finde, der riecht köstlich."

„Ja, hoffentlich schmeckt der auch so." Meine Güte ist das eine Hexe, denke ich mir still.

„So, Mama, da ist dein Tee auch schon!", und Mina kommt an den Tisch und setzt sich.

„Danke Liebes. Könntest du mir noch ein Stück Kuchen auf meinen Teller geben?"

„Ja, Mama." Mina schaut etwas sauer drein. Ihr Gesicht verrät es mir, aber auch der schmollende Mund. Ich verstehe auch nicht, wie kann man nur so sein? Wie eine heiße Society Dame benimmt sich Minas Mutter. Sie glaubt wirklich etwas Besseres zu sein. Ich muss unbedingt, nachher Mina fragen, ob ihre Mama reich ist und sich deswegen so benimmt.

Das Gespräch nimmt langsam Gestalt an und ihre Mutter möchte wissen, wie es mit ihrem Studium nun aussieht.

„Wie lange musst du denn noch studieren?", fragt Frau Leone.

„Ich studiere nicht mehr, denn ich habe meine letzten Prüfungen abgelegt und nun bin ich fertig. Ich fange in zwei Monaten bei dem medizinischen

Versorgungszentrum hier in Köln an. Es ist zwar bis dato noch nicht das, wo ich arbeiten möchte, aber es ist ein Anfang." erklärt Mina.

„Oh, das wusste ich noch nicht. Warum hast du mich nicht informiert? Dann hätte ich dir doch ein Blumenstrauß geschickt. Egal jetzt. Wegen des Jobs, das musst du wissen. Ich hätte das nicht gemacht. Wenn es nicht das ist, was du willst, dann wirst du auch nicht glücklich sein. Das habe ich in meinem Leben mittlerweile gelernt", stellt Frau Leone klar.

„Doch es ist eine Chance für mich und die möchte ich annehmen. Von da aus kann ich immer noch weiter schauen. Ich weiß, dass du das Ganze anders siehst. Aber es ist mein Leben und ich entscheide darüber. Nicht so, wie du es damals gemacht hast." Mina ist errötet vor lauter Wut. Sie krallt ihre Hände am Tischrand fest und bäumt sich auf.

„Mina, was ist denn in dich gefahren? Wie sprichst du denn mit mir? Deinen Ton, mein Fräulein, kannst du dir wirklich sparen. Ich spreche auch anständig mit dir." Frau Leone ist entsetzt, sie sitzt zurückgelehnt und halb auf der Flucht.

„Ja das schon, aber immer und immer wieder ist, was ich mache, nicht gut genug für dich. Ich habe es einfach satt. Und das ist ein gutes Stichwort. Du bist wohl fertig mit dem Kuchen? Ich möchte dich jetzt bitten, die Wohnung zu verlassen." Mina steht auf, geht zur Türe und öffnet diese, um ihre Mutter zum Gehen zu verleiten. Frau Leone verabschiedet sich von mir und bedauert mir gegenüber, dass sie gerne sich noch länger mit mir unterhalten hätte. Danach dreht sie sich um und verlässt die Wohnung. Mina schließt die Türe laut und ist so wütend und auch anscheinend verletzt, denn sie beginnt zu weinen.

„Warum macht sie das immer und immer wieder? Nie mache ich es ihr recht. Ich komme mir so klein neben ihr vor, dabei ist meine Mutter auch nichts Besseres."

„Komm her mein Schatz!", ich nehme Mina in den Arm und tröste sie mit meinen Streicheleinheiten. Ich streichle ihren Rücken und ihren Kopf. Auch mich beruhigt es.

„Komm, wir räumen den Tisch auf und dann schauen wir uns einen Film an? Was hältst du davon? Und vielleicht hast du ja Lust noch …"

„Ja, das finde ich eine tolle Idee. Ich gehe nur noch kurz ins Bad. Bis gleich." Mina winkt mir noch zu und schaut total verschmitzt. Oh, das macht mich heiß. Sie ist so sexy.

Ich liege bereits auf Minas Bett. Ich habe ihre rosa Duftkerzen auf dem weißen Regal angezündet. Die großen Schlaufenschals sind zugezogen, somit ist es ein gemütlicheres Licht im Zimmer. Schon öffnet sich die Türe und Mina erscheint. Die Türe tritt sie mit ihrem Fuß zu und beginnt augenblicklich den Reißverschluss vom Kleid langsam zu öffnen. Dann kommt ihr ein Einfall und sie stoppt mit dem Reißverschluss. Auf ihrem Schreibtisch steht eine kleine Beat Box und diese erhält von ihrem Handy aus, die Musik. Ihre Hüfte bewegt sich passend zum Takt der Musik. Dabei wird der Reißverschluss weiter geöffnet. Sie kickt ihre Schuhe weg und lässt das Kleid über ihren Körper auf den Boden gleiten.

„Wow!", kommt über meine Lippen und ich bin so geflasht. Sie trägt heiße schwarze Dessous. Es ist so unfassbar sexy. Mina kommt auf mich zu. Mein Penis wird lebhaft in meiner Boxershorts. Zum Glück habe ich mich vorher meiner restlichen Kleidung entledigt, denn sonst würde es mir jetzt zu lange dauern. Sie beginnt mit ihren zauberhaften Küssen auf meinem Körper und meine Finger gehen durch ihre Haare und massieren ihren Kopf. Es scheint sie anzumachen. Mina stöhnt auf. Auch Mina hat eine empfindliche Stelle bei mir entdeckt und ich beginne tiefer und schneller zu atmen. Sie ist so zärtlich bei ihren Liebkosungen. Ein Schauer nach dem anderen überkommt mich. Ich kann mich kaum noch halten. Plötzlich liegen wir eng umschlungen und küssen uns so leidenschaftlich. Dabei ziehen wir uns gegenseitig aus und Mina stülpt mir das Kondom über. Ich hebe

Mina kurz an, um sie unter mich liegend zu haben. Diesmal habe ich die Zügel in der Hand. Wir lassen uns Zeit. Die Berührungen sind so wundervoll. Ich fühle mich geborgen. Ihr Körper ist warm. Ihre Haut so weich wie Watte. Es soll nicht aufhören, aber Mina wird schneller. Ich glaube, es dauert bei ihr nicht mehr lange und durch die Bewegungen, die von ihr auskommen, befördert sie mich jetzt schneller zum Orgasmus. Und nun hat sie doch die Zügel in der Hand. Egal. „Shit, ich komme!"

„Tom!"

21

Das Leben zu zweit kann beginnen

Die letzten Wochen verliefen etwas turbulent. Die Freundschaft zwischen Amely und Mina ließ sich nicht mehr retten. Amely hat von sich aus den Entschluss gefasst auszuziehen. Seitdem steht das Zimmer leer. Maximilian hat inzwischen auch eine Freundin, die zwei können auch nicht mehr voneinander lassen.

Unsere Beziehung hat sich verfestigt. Wir gehen regelmäßig walken und manchmal joggen. Das Studium läuft sehr gut und ich habe mit ein paar Kommilitonen engeren freundschaftlichen Kontakt. Mein Job läuft super. Ich mache zwischenzeitlich viel Trinkgeld. Somit bleibt mir manchmal etwas zum Sparen über. Mina hat mir Carsharing vorgeschlagen und es ist eine super Sache. Die ganze WG teilt sich nun meinen grünen Käfer. Ich möchte gerne mit Mina in die weite Welt reisen. Die möchte ihren Vater suchen, der sich damals in eine andere Frau verliebt hat und seine Familie im besagten Urlaub verlassen hat. Das Letzte, was sie weiß, ist, dass er in Italien mit seiner neuen Familie wohnt. Vielleicht hat sie noch

Geschwister? Das alles möchte Mina noch mit mir gemeinsam erfahren. Sie hat einen Kellner-Job angenommen bis zum Beginn des neuen Jobs im Labor. Der Beginn hat sich um einen Monat nach hinten verschoben, die Personalabteilung hat sich da einen Fehler erlaubt.

„Tom, setze dich bitte mal hin." Ich schaue Mina genauer an. Irgendwas macht sie nervös oder ängstlich. Sie läuft die ganze Zeit hin und her und knibbelt an ihren Fingernägeln herum. Außerdem beißt sie sich immer wieder auf ihre Lippen herum. Sie sieht so ratlos aus.

„Was ist los? Du siehst so ängstlich aus. Ist was passiert?" In meinem Kopf breiten sich die unterschiedlichsten Szenarien aus, was passiert sein könnte.

„Nein noch nicht. Aber vielleicht gleich." Sie zeigt mir eine Apothekertüte und sie holt einen Schwangerschaftstest heraus.

„Bitte? Das ist jetzt nicht dein Ernst?" Die will sich nur einen Scherz mit mir erlauben. Oder Mina möchte mich testen, wie ich auf das Thema Kinder reagiere, weil sie sich welche später wünscht.

„Du willst mich verarschen. Das kann nicht sein!"

„Doch. Meine Periode ist nicht gekommen. Ich habe mal zurück gerechnet und weißt du noch unser Techtelmechtel im Gebüsch?"

„Ja. An die fiesen Stacheln erinnere ich mich noch zu gut. Oh nein, du hast recht. Wir haben kein Kondom benutzt. Nimmst du denn nicht die Pille?", frage ich ziemlich verunsichert.

„Nein, die brauchte ich in den letzten Jahren nicht."

„Okay, dann mach jetzt den Test. Danach wissen wir mehr und können uns dann immer noch einen Kopf machen."

Mina geht ins Bad und ich laufe im Zimmer auf und ab. Ich kenne bald jede Ecke auswendig. Ich frage mich, was geschieht, wenn sie wirklich schwanger ist. Wir sind doch gerade erst zusammengekommen. Sicher möchte ich mal Kinder haben, aber doch jetzt gleich nicht. Wir sind viel zu jung und haben uns noch nichts aufgebaut. Die Zeit, die Mina im Bad ist, verrinnt quälend langsam. Ich halte es kaum aus vor Spannung.

Dann plötzlich bemerke ich einen gedanklichen Wandel. Mina ist die Frau, die ich liebe. Wenn wir zusammenhalten und das haben wir uns ja fest vorgenommen, dann können wir das schaffen. Es ist zwar der ungünstigste Moment ein Kind zu bekommen, aber es wäre auch kein Knockout für mich. Mit Mina an meiner Seite schaffe ich das, ganz bestimmt sogar.

Mina kommt aus dem Bad und strahlt über das ganze Gesicht. Ich schaue sie ruhig und irgendwie auch entspannt an.

„Oh nein, du bist schwanger!"

Sie schnaubt auf.

„Nein. Ich bin nicht schwanger. Denkst du wirklich, dass ich mich darüber freuen würde?" Ihre Reaktion verunsichert mich ein wenig. Möchte sie denn keine Kinder haben? Ich bin total irritiert.

„Ich weiß nicht." Sie kommt mit schiefgelegtem Kopf auf mich zu. Sie legt ihre Hände um meinen Nacken.

„Ich will den Rest meines Lebens mit dir verbringen und auch irgendwann eine Familie gründen, aber ich denke, dass wir dafür noch alle Zeit der Welt haben." Sie schaut mich voller Liebe an, der sich mit meiner Liebe zu ihr widerspiegelt. Dieses Glücksgefühl in meinem Körper ist nicht zu vergleichen mit meinen kleinen Anfängen in Sachen Liebe in der Vergangenheit.

„Du sprichst mir aus der Seele. Ich möchte auch eine Familie, aber jetzt schon? Es wäre einfach zu früh. Wir hätten es geschafft zusammen, davon bin ich überzeugt. Ich liebe dich so sehr." Ich ziehe sie fest in meine Arme und meine Lippen berühren zärtlich ihre. Ich werde sie nie wieder loslassen. Da kommt mir noch ein Gedanke, womit ich ihr ein Lächeln zaubern kann.

„Mina ich habe übrigens noch etwas zu sagen.

‚Et hätt noch immer jot jejange'."

-Ende-

Dankeschön

Als Erstes möchte ich mich bei meiner Familie bedanken. Ohne eure Unterstützung, Verständnis und Geduld wäre ich jetzt nicht an diesem Punkt angekommen, endlich meinem Traum in den Händen halten zu können.

Es ist nicht selbstverständlich, wenn der Mann in Vollzeit arbeitet, man zwei Grundschulkinder und einen eigenen Job hat, noch nebenbei ein Buch zu schreiben.

Ihr habt mir den Rücken frei gehalten und wenn ich Probleme hatte auf ein aussagekräftiges Wort zu kommen, habt ihr mir geholfen. Oftmals mussten die Kids zurückstecken, weil Mama keine Zeit hatte. Ich danke euch vom ganzen Herzen. Ich liebe euch!

Ohne meine Autorenkollegen hätte ich dieses Buch nicht fertig bekommen. Sie haben mir Mut und Zuspruch gegeben. Ich konnte euch immer um Hilfe bitten, und prompt bekam ich recht schnell Tipps und Antworten. Hier nur wenige von Ihnen erwähnt. Janet Zentel, Sissi Steuerwald und Michael Koss.

Danke, dass es euch gibt.

Danke an meine Testleser, sowie das Lektorat. Ihr habt den Roman besser gemacht. Ohne eure Kritik an manchen Stellen oder den komischen Sätzen die ich schrieb, wäre es noch nicht ansatzweise lesbar.

Das tolle Cover hat mir Nina Hirschlehner gemacht. Dies hatte ich schon, noch während des Schreibprozess gestalten lassen. Ich konnte ganz unkompliziert mit ihr über meine Wünsche sprechen. Vielen Dank dafür.

Das größte Dankeschön haben meine Leser und Leserinnen verdient. Euer Interesse über meinen Debütroman, zeigt mir, dass ich weiter schreiben soll um euch noch weitere Geschichten zu schenken.

Wenn ihr mich finden möchtet, dann sucht bei Facebook und Instagram unter meinen Namen.

Wenn euch meine Geschichte gefallen hat, lasst gerne ein Däumchen da oder auf eurer gewünschten Buchplattform eine Rezension, damit auch andere Leser mein Buch finden und lesen können.

Vielen Dank dafür!

Eure Yonne Werbitzky

Kölsches Grundgesetz

11 Grundregeln

Artikel 1
Et es wie et es.
Sieh den Tatsachen ins Auge.

Artikel 2
Et kütt wie et kütt.
Habe keine Angst vor der Zukunft.

Artikel 3
Et hätt noch immer jot jegange.
Lerne aus der Vergangenheit.

Artikel 4
Wat fott es es fott.
Jammere den Dingen nicht nach.

Artikel 5
Nix bliev wie et wor.
Sei offen für Neuerungen.

Artikel 6
Kenne mer nit, bruche mer nit, fott domet.
Seid kritisch, wenn Neuerungen überhand nehmen.

Artikel 7
Wat wellste maache?
Füge dich in dein Schicksal.

Artikel 8
Mach et jot ävver nit ze off.
Achte auf deine Gesundheit.

Artikel 9
Wat soll dä Quatsch?
Stelle immer erst die Universalfrage.

Artikel 10
Drinkste ene met?
Komme dem Gebot der Gastfreundschaft nach.

Artikel 11
Do laachste dech kapott.
Bewahre dir eine gesunde Einstellung zum Humor.

Quelle: Louvre Cologne, Postkarte